メタモルフォーゼ

Metamorphose

メタモルフォーゼ

Metamorphose

Hiroyuki Asano

朝野裕之

文芸社

母へ――

雪の積もる道をひた走る一台の車。その白いステーションワゴンはモンテカルロラリーよろしく雪原に白煙を棚引かせながら疾駆していた。

奈々は単調な道で、前方を見据えながらCDを入れた。ラジオの入りが悪くなったのだ。

その時対向車が現れた。目を細めながらパッシングをしてやり過ごす。冬の山道は行き交う車も少なく、時折すれ違う車は皆ハイビームだ。街を抜けてから四時間、人気のない峠道を走り続けていた奈々は思わず舌打ちをし、怒鳴る。

「全く。まぶしいんだから。自分一人で走ってるんじゃないのよ、対向車のことも考えなさいっていうの」

そう言ってしまってから、何故自分がイラついているのかを探る奈々。

それは一面単色の雪景色にうんざりしてのことか、この先の目的地で待ち受けるであろう面倒からくることなのか、この季節に不本意なドライブを強いられてか、はたまた途切れがちなラジオのトークのせいか、モラルのない対向車のせいか……。

どれもこれもあてはまるようでそうでない。

透き通るような肌に薄紅色の頬。ほぼノーメークがうりの奈々だったが、近頃の起き掛けの顔ときたら……。鏡との友好関係は絶たれた。ゆえに真実を湾曲してみせるおとぎ話に出てくるような鏡を求める今日この頃。いつ頃からかファンデーションをつけるようになった。

やがて奈々は豪雪地に独りで住む母のもとに着いた。

古い民家をただ同然の値で借りていて、その作りは独りで住むのには広すぎるくらいだ。

奈々は除雪の行き届いていない駐車スペースのスロープにバックで車を停めた。

車の気配がしても家はシーンと静まり返っていた。

「もう、寝ちゃったのかな」そう思い、静かに車のドアを閉めた。

母には車の運転は出来ない。どこかに出かけてしまったのではないかと考えられなくはなかったが、やはりもう寝ているのだろうと思い、悪い気がしたがインターホンのボタンを押す。腕時計を見ると九時半だった。

ややあって、人の動く気配がした。

奈々が「私」とぶっきらぼうにいうと、少し驚いたような声がインターホンから聞こえてきた。

「どうしたの、こんな時間に」

母は玄関のドアを閉じながら、久しぶりの再会に嬉しさと動揺の入り交じった声で言った。

遠く離れて住む子が親のところにくるのは何か理由があってのことと相場が決まっている。ましてや雪の降るこんな夜に……。

「ちょっと、ね……。それより明かり、点けてくれない？　何も大袈裟に歓迎してくれとは言わないから」

「あらあら、ごめんなさい。つい一人の時の癖で」

母はスイッチを探り、明かりを点けた。

二畳ほどの雪落としのスペースでぽっかりと対峙する親子の影は驚くほどよく似

ている。

襟元からのぞく肌は白く、衣服の上からでも痩身であることを窺わせ、ヒップの位置はハイヒールを履かずとも高い。肩まで伸ばした髪は軽くウェーブがかかって、白熱電球に照らされた今、金色に輝いていた。

見上げると、住人が訪れることはまずない勾配のきつい屋根のスペースを活かしたロフト状物置がある。一階は三十畳ほどの広さ。古い作りには珍しく段差のないよう工夫されており、雪国特有の二重玄関以外は都会の１ＬＤＫといった間取りである。

ただ、部屋の中央に建物と不釣り合いなグランドピアノが置いてある。まるでピアノがここの主のようで、その周りを囲むように申し訳程度の家具が配置されていた。

奈々は明かりが点ってもなお宙をさまよう母の手を取り、部屋に入った。

透き通るような母の白い手。これは雪国に住むという理由からだけではない。もって生まれたものだ。彼女はアメリカ人の父と日本人の母との間に生まれ育った。その顔の輪郭をたどると、大きな眼球を収める彫りの深い谷に出会う。かつては宝石のような瞳のあった場所だが二度と開くことはない。そして前髪をかきわけると、不自然な皮膚に覆われた顔があらわになる。それは見る者に、困惑と嫌悪、そして同情の入り交じった目をさせた。

奈々が小学生になった時、飯島淳子は彼女の唯一の宝物であるピアノと共に、母の出身地でもある東北のこの地へ来た。以来、ピアノのレッスンを生業とし細々と暮らしてきた。こんな辺ぴなところでも生徒は集まった。淳子に同情してか、それとも人柄によるものなのか、彼女は輝く宝石を失ってもなお人を引き付けた。

淳子に好意を持ってくれる人はたくさんいて、その誰もが優しい人達だった。が、申し入れは断っていた。ごく一部の人を除いて。

「最近調子はどう？」

奈々は聞いた。

「どうって、良くもなく悪くもなく相変わらずよ」

淳子は奈々の来意を推考し、曖昧に答えた。

「こんなに早くから寝支度して……。体の具合が良くないのかと」

「そんなことないわ、いつも十時にはベッドに入るようにしてるの。いつもよりちょっと早いだけよ」

「年のせいかしらね？」

奈々がいたずらっぽく言った。淳子は鼻をフンとならした。私はまだまだ若いわ、とでも言いたげだ。実際まだ四十代前半である。

部屋はまだ薪ストーブの残り火で暖かかったが、淳子はせっかく来た娘の為に薪をくべようとした。それを見て奈々は、

「いいよお母さん、私も今日は早く寝るから。ちょっと疲れたわ。走り通しだったから」

と告げる。奈々は持参した寝袋を淳子の隣に並べ、靴下も脱がずに入った。訝しがる淳子をよそに、睡魔は思いのほか早くやってきた。


翌朝、雪はやんでいた。昨夜の雪が、着膨れしたかのように何重にもなって家に積もっている。その分外の音は聞こえなくなり、風がやめばそれはもう神秘的でさえある静かな朝だ。あらゆるものがひっそりとし、木や水や空気の精霊さえもが息

をひそめているかのようだ。外ではスロープに止めた車が見えなくなるほど雪が降り積もっていた。

奈々はゆっくりと起きだし、近くの温泉にでも行こうと母を誘った。

このあたりは銭湯感覚で温泉に入れる。ゆったりと湯に浸りながら母と話そう、そう思っていた。

（一体、何をどうやって、どこから話せばいいの？）

奈々は自問した。

四輪駆動のステーションワゴンは力強く雪路を駆ける。空に描く飛行機雲の軌跡のような轍を残して……。

三十分も走ると、目的の場所に着く。ここは町営の露天風呂で地元の人が気楽に立ち寄るところだ。奈々が車を運転するようになった頃、目の不自由な母の手を取って毎日のように来ていたところだった。他にこれといった特徴がある訳でもないのに、わざわざ寄り道していくスキーヤーもけっこういた。そのため週末は混雑するが、平日の昼間はほとんど人がいない。がらんとした駐車場に車を停め、奈々は淳子の手を取って、中に入る。

ここのお湯はつるつるする。そのためか「滑るので、足元に注意して下さい」と書かれた看板が随所に見られた。奈々が初めてここに来た時、「こんなにしつこく書かなくてもいいのに」と内心呟いたそのやさき、ものの見事に尻餅をついた。そのすぐ後ろで、母が「気をつけなさい。ここの看板は伊達じゃないらしいから」と言ったのを思い出す。

でも、今日は奈々が母の手を取り「足元に気をつけて」とそれらしくエスコートしている。母も内心あの時のことを思い出しているに違いない。はいはい、と肯くものの顔は笑っている。慎重に歩む奈々のもう一方の手は無意識に彼女のお腹のあたりに添えられて、目の見えない淳子より転倒を警戒しているようだ。

今年は雪が多い。ほんのひとときの暖かな日差しを、露天風呂に入る二人に投げ掛けたと思うと、カーテンをひくように雲が立ち込めた。

何故、雲は私のうちを見透かすように現れるのかしら、何故、雨や雪は人を憂うつにするのかしら。唯一クリスマスイブの夜、恋人たちが待ちわびる時以外は……。

奈々は空を恨めしそうに見上げた。そこには何か意思のある物の存在が感じられた。まるで厚い雲の奥深く、奈々の一糸纏わぬ姿を見ようとしている目があるかのように。

奈々は子どもの時から、自然と対話してきた。奈々の投げ掛けに山は沈黙をもって応えてくれたし、川のせせらぎは歌ってくれ、嵐の夜風は激しく叱り、春の雪解けの日差しは母が朝起こしてくれる時のようにやさしく包み込んでくれた。

悩み事などない、悩むことなどありえないと感じていたあの頃。あの頃の自分はどこへ行ってしまったの？　もう戻れないの？　今でも山は応えてくれるかしら。そんなことはないとわかりつつ空をうろんな目で見る奈々。

そのあと奈々は引きこもりがちな母を連れだし、街に買い物をしに行った。食材をはじめ、日用雑貨品等と一緒に、珍しくお洒落な服も買った。さりげない、おとなしいデザインを好む母にしては、少々冒険であったに違いない。やはり娘とふたりのショッピングは淳子を高揚させていた。

帰りの道中、かなりの雪が降ってきて、フロントガラスに舞うじゃれたがり屋の冬の妖精をワイパーで邪険にあしらいながら、

「すごく降ってきたわ。今夜はかなり積もるんじゃない」と奈々は言った。

「そうみたいね」淳子はフロントガラスに当たる音でそれを知る。

「雪下ろししなくて大丈夫？」

「ええ、明日会長さんが、男手を引き連れてやってくるわ」

会長とは淳子に気のある、この町の実力者で、露骨な善意を寄せてくれる初老の男だ。悪い人ではないが奈々はこの男が余り好きになれなかった。

「会長って、あの会長？」

「そうよ」

「へえ、まだ関係が続いてるんだ……。お母さんもまんざらでもないんじゃない」

「馬鹿おっしゃい、そんなんじゃありません。あの人はいい人よ。とっても親切にしてくれる」

奈々は母の横顔を見た。母の表情を読み取るのは難しいが、少なくとも思いのままを語ったとは思い難い。決まり文句のようだ、と奈々は思った。まるで政治家が用意する当たり障りのない感情のこもっていないセリフ。実際淳子はその会長とやらに世話になっており、たとえ人目がないところでも悪いことは言えない。奈々もそのことは重々知っていたし、立場もわきまえていたつもりだった。

母が目と皮膚に障害を持っているせいか、奈々は人々の同情と好奇の入り交じった視線に慣れっこになっていた。故に、奈々は他の人に対しては、そんな目を持たないよう努めた。

しかしある時、奈々がまだ分別のつかない年の頃、近所の公園で見掛けた小児麻痺と思われる男の子の歩き方をふざけて真似た。もちろん奈々には悪気はない。ただ初めてみるその動作が物珍しく、真似ただけだった。すると淳子はその動作を気配で悟ったのか、

「何がおかしいの！　そんな真似よしなさい！」

と激しく叱責した。普段あまり感情をあらわにしない母の突然の罵声に奈々はたじろいだ。恐る恐る母の顔を覗く奈々。

「その子はおかしくなんかない。ちっともおかしくなんかない。そっとしといてあげて」

淳子は奈々を見るでもなく、ただ俯いて言った。そしてなおも自分に言い聞かせるよう続けた。

「その子は好きでそうなったんじゃない。あの子はあの子なりに一生懸命生きている。馬鹿にされることなんか何一つしてない。人と見た目が違うからといって、そ

れが何なの？　そんなにいけないことなの？　何で、何でみんなひどいことをするの？　そっとしておいてあげて……」

　わなわなと体を震わせながらその場にしゃがみこんでしまった母を見て、奈々はとんでもなく悪いことをしたように感じた。お母さんを怒らせ泣かせてしまった。私が悪いんだと心底思った。子ども心に優しい母をそこまで怒らせるひどいことをした、そう思った。母が言った後のほうの言葉はほとんど何を言っているのかわからなかったが、母が悲しんでいることだけは、母を悲しませてしまったことだけはわかる。両手を顔に当ててうずくまる母の姿が公園のブランコの間から覗く夕日と共に今でも鮮烈に目に焼き付いている。

　以来奈々は本来の明るさと社交性に磨きをかけつつも、決してどんな人にでも分け隔てなく笑顔と、言葉と、そして手を差し伸べるよう心がけてきた。

　虐げられている人にこそ、手を差し伸べるべきだ。本当に救いを求める手ほど、人の目には見えにくいものだ。そう母は無言で諭してくれた。その感受性が育まれるのに、豊かな自然と母の存在は必要不可欠であった。

　中学生になった頃には、奈々はさながら読心術でも得たかのように友人達の気持ちを代弁し友人を驚かせた。

物言わぬ自然と母の瞳。その両方から発せられる心の言葉に毎日耳を傾けているうち、自ずとその能力は身についた。

簡単なこと。

相手を思いやればいい。

奈々はそう思い及ぶのだけれど、溢れるような愛情も注ぐべき場所を間違えば、異質なものとなってしまう。

私は将来何になったらいいのだろう。

何が出来るのだろう。

私のこの思い、母への思いをどう伝えればいいのだろう。何をしてあげられるのだろう。母は何も求めはしない。答えはしない。私が母にしてあげられるのは、心配をかけないこと。いつまでもそばに居てあげることくらい。

しかし、そんなことを母は望んでいないことも奈々は知っていた。いつだったか母はこんなことを言った。

「奈々、あなたは自由に生きなさい。自由っていうのはね、束縛されないってことだけじゃないのよ。わかる?」

淳子は自分が足手まといになるのが嫌でここから出てゆけと、母の束縛から解かれ大空へと羽ばたけと言うのだ。そしてその反面、大空は自由であるが故、自身を試される。指針を間違えば己さえ見失うのだ、そんなことが言いたいのだと時が経つにつれ、わかり始める奈々であった。

淳子が求めるまでもなく、奈々の向上心は留まることを知らない。自己啓発をし続け、新しいものに挑戦するにはこの地は小さく、そしていつまでも母のそばに居たいと思う気持ちは大きすぎた……。この葛藤は当時、常に奈々に付きまとった。


カーステレオからニュースが聞こえてきた。

汚職事件と少年による惨い殺人事件、その後海外の話題が少しと、地元のマイナーな話題を伝え、その後円相場に続き天気予報。今夜は記録的な積雪になりそうだと言っていた。

家に着く頃、完全に日は落ちていた。

食事の用意は奈々がした。せめてこれくらいはしないと。母は買い物の際、一切奈々にお金を払わせなかった。いくつになっても母という存在は変わらない。とうに母の収入を追い越しているにもかかわらず、いいからいいからといって取り付く島もない。

二人で鍋をつつきながら、奈々は家の中をぐるりと見渡す。

私はここで育ったんだ、母が何不自由なく育ててくれた。

決して裕福ではなかったけれど、今改めてここを見渡すと様々な楽しい記憶が駆け巡った。

目の不自由な母一人おいて外で暮らすのは親不孝以外の何物でもない。考え出すと母に申し訳なくて情けなくなる。そんな自己嫌悪に陥らずに済むのは〝会長〟のおかげかもしれない。

奈々が十八歳になった頃、度々訪れる会長をうっとうしいと感じはじめた。

はじめの頃母に向けられていたねちっこい視線は、次第に奈々にも向けられた。

夏、寛いだ格好で家に居るとき、突然何の前触れもなく〝会長〟はやって来て、

「やあ、奈々ちゃんか。お母さんは？」と聞くのだ。そのとき露出していた太股の辺りに一瞬、彼の目は泳いだ。そして、

「奈々ちゃんも大きくなったね。お母さんに似てべっぴんさんだ」

と言った。頭のてっぺんから爪先まで、まるでCTスキャンでもするかのようにゆっくりと、奈々の体をその視線は〝舐め〟た。その間中、奈々は射すくめられたカエルのように身動き一つ出来なかった。ほんの数秒のことだったかもしれない。でも奈々は体の内部までも見透かされた気がし、恥ずかしさを通り越して恐怖すら感じた。

「いやぁ、全く垢抜けた子だ。こんな田舎じゃもったいない」

何がどうもったいないのか、深い意味などないはずだが、奴隷制度の時代に幅をきかせた人買いのような口振りで彼は言った。

「母は今、奥で休んでます」

矛先をかわすように小さな声で、だがしっかりとした口調で奈々は言った。

しかし無神経で鈍感な彼は、

「何だ、体調でも崩したのか」

と言い、やおら靴を脱いで家に上がろうとした。

「いえ、ちょっと疲れただけだと思います。今寝付いたばかりなんで……」

奈々が引き取ってもらうよう努めたが、無駄だった。

どんな言い方をしても彼を止められなかっただろう。

約一時間、〝会長〟は居座った。その間、話題に上ったのは、意外にもほとんど奈々のことだった。大学はどこへ行くのか、もし東京にでもいくのなら私が面倒をみてあげよう、なあに、奈々ちゃんはいい子だから心配はいらない、すべて私にまかせなさい。


食事を終えた奈々は母に片付けをするのを拒まれ、手持ちぶさたからピアノを弾いた。やさしく醸し出される音色は久々に会ったペットの甘える仕草のよう。お互いが心地よいスキンシップに浸っている。目を閉じ、体を自然にまかせる奈々は楽器を演奏しているのではなく、ピアノという懐かしい友人と会話しているようだった。

どう、私のタッチは。変わった？　いつも子ども相手で物足りないんじゃない？

私もいろいろあって。でも大丈夫、まだあなたとこうしていられるだけの余裕はあるの。

奈々はかつて子守り唄代わりに聞いたショパンのノクターン、嬰ハ短調二十番を弾いた。

この曲は彼女が覚えるともなく覚えてしまった曲である。よく夜に、淳子が弾いているのを聞くうちに自然に身についたものだ。

この、物悲しい憂いを含んだ旋律は、不思議と奈々を落ち着かせ、魅了した。しばらく鍵盤から遠ざかっていても、この曲は指が覚えていてくれた。

雪に閉ざされた小さな空間に音は、響きわたるというより充満した。

田舎の夜は早い。二人は大した言葉も交わさず床についた。ただし今夜はピアノの傍で。

外では深々と雪が降っていた。

この眠りにつく間際の感覚が奈々は好きだった。殊に生家での記憶と共にやすらぎの世界に誘なわれるのは、至福の時だ。

時折重みに耐えかねた枝が雪を払い、〝溜め息〟をつく以外、何の音もしない。

しばらくの間、ぼんやりと静寂を楽しんでいた。やがて思考は行きつくところへと誘われ、奈々は自身のゆったりと、だが確実にふくよかになりつつあるお腹に自然と手を添えながら、この家から巣立った後のこと、遠い異国での出来事に思いを馳せた。

あの男と出会い、そして完成を見ない愛を実らせたあの日々のことを……。

奈々は高校を卒業すると、母や会長の思いをよそに自宅から通える大学へ進学した。保健医療大学の看護学科である。そしてそこで四年間修学し、卒業した後、国家試験をパスし看護師となった。奈々の夢への、いや、人生航路の最短距離だ。奈々は、自身の資質の活躍の場を、看護という、人に尽くす行為の中に見出そうとしていた。その中で得た知識と経験をいつか来るであろう母の老後へと役立てたい、そう思っていた。その後自宅から勤務先の県立病院へ通うようになった。最初の頃はそれでよかったのだが、だんだんと責任を負うようになると家との往復がままならなくなった。いつだったか疲れ果てての深夜の帰宅途中、睡魔に襲われ事故を起こしそうになった。それを機に思いきって母に相談した。この家を出たいと。そして病院の寮で生活したいと。

苦渋の上の選択と承知していた淳子はあっけらかんと言い放った。

「あなた、そんなことわざわざ断るの？　私がお願いしたいくらいよ。もうそろそろ自活しなさいって」

まだまだ学ぶことは多い。そしてやりがいのある仕事だ。忙しく働きながらもなお奈々はある目標を持ち続けていた。

それは海外研修に行くことである。

在学中、任意ではあるが半年間の北米研修視察制度を知り、以来それを目標にがんばってきた。是非先端の知識と、あらゆる状況に的確に対応出来る能力を得たい。そしてそれを活かし、出来るだけ多くの人に看護という形で還元したいと思っている。人は皆、病める人も、健常者も笑っていたいものだ。一番笑顔から遠い人達に、笑顔を取り戻すお手伝いをしたい。それが自身の目標でもあり幸せでもある。

が、母のことや費用の面で行けずにいた。

そのことはずっと黙っていた。母に言えばきっと無理をしてでも行けというに違いない。会長もそれに協力したかもしれない。しかし頼りたくはなかった。自分でなんとかしよう、そう思った。そして働き出して四年目、必要な費用を貯め、英語力を身につけた奈々に、ようやく温めた思いが叶う時がきた。

時は熟した。そして彼女も成熟していた。彼女は美しさの絶頂にいながらその自覚を持たぬまま、すれ違う人々をさりげなく魅了した。

信念と高い志を持った人は、皆美しく輝いているのだ。

後日、母に心配をかけぬよう、奈々はそっと日本から出国した。


大学の提携医療機関があるのは主に北欧だが、奈々は敢えてアメリカを選択した。母の生まれ育った国を見たかったからである。

奈々は初めてその国に降り立った時、その大地の大きさに魅了され圧倒された。巨大な空港の巨大なロビー。迎えに来たバスのようなバンとそれを操る巨漢ドライバー。あらゆる物が大きかった。ファーストフードのドリンクでさえ大きかった。スケールの違いとはこういうことかと、見知らぬ街並を何とはなく眺め、つくづく思った。

勤務先は北東部のとある総合カウンティ病院。留学生を受け入れている病院で、様々な国から様々な人が、学びながら実践を積むためにここを訪れていた。

忙しい日々が続いた。が、苦にはならなかった。むしろ自分に課せられた使命を果たそうと躍起になっていた。そんな仕事が楽しく、公私共に充実し奈々のもとにパーティーの案内状が届いたのは、街が十月祭の準備に追われ活気に溢れる頃だった。

奈々はその誘いを喜んで受けた。


その男はどこから見てもスキがなく、笑顔は掛値なしで百万ドル、身につけているものも少なく見積もっても数千ドルはするだろうと思われた。彼の名はギルバート。恰幅のいい体軀は学生時代アメフトで鍛えたものだろうか、大胸筋の発達が上手く着こなしたスーツの上からでも見て取れるようだ。そして自信に溢れる言動、挙措。それらはこの職種の人の定義に則っていて、嫌悪感を抱く人も少なくないが、大多数の人はその威にあやかろうとした。

彼は、アメリカ人の模範のような超健全な笑顔と共に、たくさんの人を引き連れてパーティー会場に登場した。

会場に一足早く来ていた奈々は、その華々しい入場シーンに嫌悪感を抱いた一人である。

「あの取って付けたような笑顔。なんだか裏があるって感じよね」

奈々は同僚のケイトに話しかけた。

「うーん、でも悪くないわね。男としては」

同僚はこともなげに答えた。

「何者なの、彼」

「えっ、あなた知らないの」

と両縁の吊り上ったメガネのフレームにそうように眉をひそめてケイトは言った。

「彼は政治家よ。このパーティーだって彼主催のようなものよ。招待状見なかったの、あなた。まあ、どうでもいいことだけど……」

奈々はあの笑顔を会長にダブらせていた。

似ている。造作はもっぱら異なるが、何処か似ている。あの笑顔の下にどんな顔があるのか。そう思い馳せれば馳せるほど二人の輪郭は似てくる。

彼ら二人に共通するもの。

それは内面と外面のギャップ、明暗の存在を自覚しつつもそれを隠そうとする姿勢。それを彼らに感じずにはいられなかった。

ケイトがいうように招待主が誰であろうと、そんなことは関係なかった。しかし、これがアメリカなんだと思った。パーティー好きなアメリカ人、合理主義の国、タイアップの国アメリカ、自由な国アメリカ。

「ふうーん。ようするに、これは人民の人民による人民の為のパーティーじゃなくて、政治家の政治家による政治家の為のパーティーなのね」

奈々は声のトーンを少し上げて言った。

「まあ、そういうこと。でも、よくあることよ、ここらでは」

ケイトはそう言うと、まるでいい男を捜すレーダーのように反射するメガネをインテリっぽい仕草でクイッと上げ、辺りを見渡した。どこにいるの？　私の王子様は、といった具合に。

会場は多数の人で賑わっており、華やいで、まさにハイソサエティーの世界で、奈々はそのような場にいる自分が分不相応であると感じない訳ではなかった。が、この日の為に誂えた飛び切りセクシーなドレスに負けないよう自分で自分を叱咤した。彼女は初めてのことで緊張し、劣等感すら感じていたのだが、周りの人々、特に男性はそうは思わなかった。

ワインレッドの背中と胸元の大きく開いたドレス。それに収まる奈々のボディは紛れもなくそれにふさわしい価値のあるもので、腰から脚にかけてのラインはおおいに男性客を魅了した。日本人の割には彫りの深い顔だが、基礎がオリエンタルフェースの奈々は異彩を放っていて、人々の視線を集めていた。そしてその視線の束は会場の中心を指し示し、やがては本日の主役の目に止まることとなる。

「これは、これは、お美しい。楽しんでおられますか、ミス……」

と歩み寄るギルバート。その声はバリトンであった。

「ナナ。ナナ・イイジマといいます」

彼女がそう言うと、実にさりげなくギルバートは奈々の手を取りキスをした。

その大仰な態度に一瞬ためらいながらも、奈々は社交辞令の範囲内で出来る限りの最高の笑顔を作り、それに応えた。

その後ギルバートは自己紹介を簡単に済ませると、流れるように人の波を縫って、万人に対し笑顔をふりまきながら奈々の前から姿を消した。それを目で追う奈々。

やがて二人の距離がかなり開き、彼がふと振り向いた。するとまるで申し合わせたかのように二人の目線は絡んだ。途端、奈々はいてても立ってもいられなくなり、ケイトを置き去りにし、ギルバートを追った。

思考ではなく、直感がそうさせた。

奈々の心の何処かから聞こえる声。

彼を追い、真実を見際め、心に響いたものの正体を解くのだ。

彼が見せた一瞬の表情は、衒いや、虚勢とは関係なく〝本当の彼〟に見えたからだ。

彼はすでに他の場所へと移動するため建物の外へ出るところだった。

ようやく彼に追いついた時、エントランスに滑り込んで来る一台の車があった。

黒いセダン。

奈々とその周りにいた人々は、それを日常の一シーンとして見るはずだった。

ところが、それ以後情景はスローモーションで展開する。

あろうことか、その車から銃が乱射されたのだ。

パンパンパンパンという乾いた連続音。硝煙の匂い。人々の悲鳴。ギルバートを守るガードマンの怒号。それらを奈々は確実に知覚した。

圧倒的なスピードで、それこそ弾丸より早く、彼女は何者かによって地面に叩き伏せられ、この悲惨な状況を地面すれすれのローアングルで垣間見ていた。私に覆い被さっているのは誰？　奈々はようやく上げた顔の先に、先ほどの笑顔とは打って変わったギルバートの、緊張した鋭く厳しい顔を発見した。彼は地面に伏せながらもなお、的確に人に指示している。

「伏せろ！　伏せろ！　頭を低くするんだ！　皆を避難させろ！　あの車を追え！　黒のセダンだ、ナンバーは……」

彼は、ギルバートは自分の立場をわきまえている。自分が守られるべき人物だと。自分は凶弾に倒れてはいけないということを。守りはセキュリティーにまかせてある。にもかかわらず咄嗟に、反射的に体が反応してしまったのだ。魔の一瞬のその時、最も近くにいた、か弱き者を守るために。

騒ぎが一段落して、多くの人がその場を見ようと集まってきた。幸い一般の人に怪我人はいないようだ。「守りのプロ」達は弾丸を食らったようだが、どうやら無事らしい。防弾チョッキのおかげだろう。

奈々は呆然として、今起こったことが現実に起こったこととはにわかには信じられない様子であったが、ギルバートの声で覚醒した。

「大丈夫ですか？　お怪我はありませんか、……ミス……」

彼ははじめ奈々を認知せずにいたが、やがて思い出したように、

「ミス・イイジマ」

と言った。

奈々はいままでに自分の名を覚えていてくれたことをこんなにも嬉しいと感じたことはなかった。奈々が頷くのを見るや、すぐに彼は奈々の前から姿を消した。ポツンと取り残された奈々は、やがて人ごみの中にケイトの姿をみつけた。そして、

「信じられる。こんなことって」

というように軽く頭を振った。ケイトは、

「ま、しょっちゅうとはいかないけど、よくあることよ、ここらでは……。無事で何より」

というように首をすくませた。

病院では、非日常的な出来事が奈々を看護師として、よりプロフェッショナルへと近づけていた。配属された緊急医療室は、日本ではめったに見られない銃創患者や、薬物欲しさにペテンを仕掛ける患者までもが担ぎ込まれる。それらにも迅速に対応しなければならない。

指示をするのはもちろんドクターだが、何が今必要とされているのか、瞬時に察する能力はここでも活かされ、ドクター達からの信頼も厚かった。

患者のプライバシーに込み入った訳がある場合など、患者自ら話しづらくドクターにさえ言い出せない場合も多い。または後になってから告白する場合がある。しかし、ここ緊急治療室ではそんな猶予はない。そんな時もまた奈々は機転を利かせた。

いつだったか奈々は頭部裂傷で担ぎ込まれた少女の付き添いの父親に不信を抱き、その虐待の実態を暴いた。

父親の前では少女は何も語ろうとしない。さりげなく父親を待合室へ案内し、少女に問うと、ようやく彼女は頷くのだった。

一体誰がこの一見温厚そうに見える紳士を疑うことが出来たろう。

緊急オペに親の同意が必要となり、やりきれない気持ちをこらえ、奈々は父親にサインを求めたのだった。まるで何も知らないふりをして……。

そんな激動の毎日のある日、奈々は病棟の隅に隠密にやって来たある人物を視界に捕らえた。

彼の姿を見た時、奈々の心は不本意ながらときめいた。

その男、ギルバートは体の何処かを患っているのだ。そしてそれを隠している。心配した奈々は友人に頼み、プライバシー侵害を顧みず、こっそりと彼のことを聞き出した。

すると驚いたことに、彼は体の何処かが悪いのではなく、骨髄ドナーとしてその提供手術を受ける為に来ているのだという。

これを聞いて、奈々は自分を恥じた。

以来奈々はギルバートの看護を頑固に申し入れ、本来就けるはずのない政治家の看護という要職を手に入れた。これも奈々の実力あってのことだが。

「覚えてらっしゃいますか、私のことを」

奈々は全身麻酔覚めやらぬギルバートに問い掛けた。

病院の決してセンスのいいとは言い難い制服を着た奈々に、ほんの一瞬とまどいを見せながら、ギルバートは、

「やあ、覚えているとも。その制服が似合う人はめったにいない。他の連中にも着こなしを教えてやってほしいものだ。ワインレッドのドレス並にね。ミス・イイジマ」

そう言いながらウインクした。

「ナナで結構です。相変わらずですね、ミスタープレジデント」

奈々がそう返すと、

「いやいや、そう呼ばれるのはまだ早い」

と皮肉にも動じぬギルバート。

デメリットばかりのドナー。この行為を公表し、政治戦略に活かせばかなりの支持が得られるだろうに、彼はそうしない。この事実は奈々の心を揺らした。

それから彼は、奈々に口外しないよう念を押すと、

「ところで君が僕の面倒を見てくれるのかい？」

と言った。そして彼は自分の尿道カテーテルが挿入されているであろう股間を見

ながら、
「何事もお手柔らかに頼むよ」
と笑顔で言った。

言葉を交わす度、奈々は彼の事を誤解していたのだと知る。そして彼もまた奈々のその甲斐甲斐しい献身ぶりに、感心するのだった。

そのうち奈々はここへ来るまでの経歴や、障害を持つ母を日本に置いて来ていること、そしてここで学んだことを活かし、社会に貢献したいなどと、プライベートなことまでをギルバートに話すようになっていた。ギルバートもまた全身余すところなく全てを奈々にさらけ出し、心を開いていった。

自己主張の強い自国の女性に比べると、この滅私奉公ともいえる奈々の精神は深くギルバートに感銘を与えた。看護する側と患者のよくある図式だ、と思い込むのにギルバートは苦労した。ギルバートもまた奈々に魅せられつつあったのだ。

入院期間の実質四日間で、二人は親密になっていった。

退院後もその後の様子が気になり、たびたび様子を見るという口実のもと彼と会っていた。

そして、術後の痛みが完全に消えた頃、ふいに、とある感情が一瞬のうちに燃え上がった。


後日二人は、ベッドの上でこう囁きあっていた。

「信じられない、こんなこと。出会って間もないというのに……」

「私だってそうだ。かなりのリスクを背負っている」

そう言ってしまって、ギルバートはそれが失言だったと気づく。何もリスクを背負っているのは自分だけではない。奈々のせいではないし、こうなることを選んだのは、ほかならぬ自分である。責めるのなら自分を責めるべきだ。抗《あらが》うことの出来ぬ力が自分を支配する。そして、今目の前にいるこの女性と抱き合うことこそが自分の生まれてきた唯一の理由だと思えるくらい、身も心も熱くなっている。

奈々も、そんなギルバートを気遣うことも出来ぬほど高揚していた。

「こんなことってあるのかしら。もしかしたらこれもアメリカならではの一種のマジック？」

ギルバートはかぶりを振った。

そんなことはない。これこそが現実だ、と言わんばかりに。

二人は互いに心の中で様々な根拠を並べ立てる。私達が出会った理由を。こうならなければならなかった理由を。

しかし、押し寄せる感情の波は理性を軽々と超え、段階を踏まえた論理的思考はもはや二人からかけ離れた代物となっていた。

全ての物に引力が作用するように、二人も引きつけ合った。

無言のまま激しく求め合う唇と唇。

片時も離れまいとする唇の隙間から吐息のような言葉が漏れる。

「ナナ、私は……、私は」

ギルバートは何か言おうとするのだが、口から出る言葉はきっと全て欺瞞にすぎないだろう。故に言葉にならない。

結果それは、断片となって奈々の耳に届く。

そんなギルバートの気持ちが奈々にも痛いほどわかった。

「ギルバート、何も言わないで。お願い。あなたが今、何か言ってしまうと魔法が解けちゃう……」

沈黙が支配する闇の中、衣ズレの音だけが聞こえる。

そして、太古より伝わるリズミカルな鼓動が聞こえ、響いた。次第にその速度は早まり、やがて何処かへ到達したかのような深い静寂が再び二人を覆った。

奈々の肌に深く身を埋め深く息をするギルバート。

そして彼は覚醒した。

今、肌を重ね奈々の匂いを直に嗅ぎとると、長い間この女性を待っていたと、そうギルバートは確信した。

奈々は奈々で、かつてない感覚を味わっていた。今まで見つからなかった欠損した体の一部分がようやく見つかったようなそんな感覚。お互いがお互いを求め合い、未完成な肉体を補い、遠く離れ離れになっていたものがようやく一つになれた、そんな気がした。それればかりか、さらに彼の肉体の鍵は奈々の門を通りぬけ、心の扉をも解き放った。

自身の理解を超えた感情のありかを見出そうとすればするほど、答えは、語り尽くされた、よくある、ありきたりな「愛」という一言に突き当たった。

もしここで側に横たわる彼に「愛」を語るのならそれは簡単なことだ。英語で「アイラブユー」、そう彼の耳元で囁けばいい。彼もきっとそれに応えてくれるはずだ。しかしそうすればきっと再び肉体の燃え上がるスイッチを入れてしまうに違いない。でも、それは出来ない。許されない。彼の立場を考えれば当然のことだった。この男の並々ならぬ正義感と稀有なリーダーシップは、将来一国を背負って立つであろうことを予感させる。彼は夫であり、父親であり、公人でもある。そんな彼を取り巻く環境を私ごときが変えてよいはずがなかった。

そして奈々は気づく。かつて純真だった頃には知る由もない醜い感情が自分に備わってしまったことを。それは想いが激しいからこそ巣くい繁殖する、嫉妬という感情であった。

初めて愛を知らしめてくれた相手は愛すべからざる人物であり、嫉妬という予想外の副産物を生んだ。そして数日後には、彼の家庭をそっと覗き、羨望と嫉妬の入り混じった眼差しを向ける自分がいる。そんな自分を想像すると惨めになった。

「信じてくれないかもしれないが、私はずっと前から君のことを知っていたような気がする」

とまじめな顔をして言うギルバート。その言葉に応じてはいけない。

「一体、何人目なの。そのセリフを言うのは」

奈々はクールに言い放つ。それを聞いて彼は悲しいようながっかりしたような顔をして、

「いや、いいんだ。信じてくれと言うほうがおかしい。こんな妻子持ちの言うたわごとを」

わかる。わかるわ、ギルバート。だって私も同じですもの。あなたに会えてよかった。私もあなたを待っていました。でもこれ以上何も言わないで。誰にでも、どこにでもある情事のようにだまってここから立ち去って、お願いギルバート。

心の中でこう叫ぶ奈々であった。

それから数週間、研修が終わるまで奈々は耐えた。

そして二度と会わないであろう彼のいるアメリカから、逃げるように帰ってきたのだ。そしてその機上で奈々は嘔吐し、激しく揺れる狭い洗面室でなおもこみ上げてくるものに耐えながら、

「これはきっと乱気流のせいばかりじゃないわ」

と呟いたのだった。

静寂は依然、静寂としてそこにあった。

奈々はなかなか寝付けずに、自分のまとまらぬ考えを反芻《はんすう》し、なんらかの方向を見出そうともがいていた。

その彼女の内に秘めた葛藤とはうらはらに、圧倒的に存在する静寂。

ところが突然、その静寂という見えない幕を、まるで巨大な斧で引き裂くようなすさまじい音が襲った。それは決定的な不協和音、ピアノの断末魔の悲鳴であった。

その瞬間、奈々の足に激痛が走った。

何が起こったのか瞬時には理解しかねたが、数秒後には自分の足、膝から下の部分に何かが載っているのがわかった。

うめき声を上げる奈々に淳子が声を掛ける。

「大丈夫？　けがはない？」

「うん、なんとか。でも足が……」

「何がどうなってるの？　教えてくれない？」

淳子が奈々に聞いた。

暗闇に目が慣れた奈々は、苦痛に喘ぎながらも、

「屋根が……。多分雪の重みでしょうね、屋根が潰されちゃってるわ。それでその一部が私の足の上に……」

「まあ、大変！　すぐに助けを呼ばなくちゃ」

奈々は痛みこそあるものの出血はさほどではないので落ち着いていた。脛骨と踝《くるぶし》の間に大きな木材が載っている。多分骨折は免れないだろうが、緊急処置は必要ないとみた。無論早く処置を施すに越したことはないのだが。

とりあえず圧迫している部分に、壊疽を起こさぬよう、血流の促進を図る為マッサージを試みる。

「お母さんは大丈夫？　動ける？」

「私は何ともないわ、平気。それより奈々、足は？」

奈々は自分の症状をまるでカルテを読み上げるように、淳子に伝えた。そして、辺りを見渡して絶望的になった。完全に閉じ込められている。むしろ、この場だけ空間が保たれているのが奇跡的だった。雪の重みで屋根全体が壊れ、潰れていた。

その覆い被さるような残骸を堅牢なピアノが受け止めてくれていたのだ。そしてわずかに残った隙間に親子二人が寝そべっている。

「お母さん。よく聞いて。どうやら私達閉じ込められちゃったみたい」

淳子は恐る恐る手を伸ばした。すると頭に描かれた空間の見取り図にない未知の物体が彼女の手に触れた。それはざらついた木材で、刺々しい。淳子は萎縮してしまった。

それでもなお、新たな空間を見つけようと辺りを手探りする。やはりだめだ。

「どこか人が通れそうなところはない？」

淳子が聞いた。

「だめね。ほんの小さな隙間はあるけど……。せめて電話が近くにあれば」

二人してしばし、呆然となる。

壊れた屋根の隙間から、二人を嘲笑《あざわら》うかのように風が吹き抜け、急激に気温が下がっていく。

「今大体何時くらいかしら」

奈々が聞いた。

「よくわからない。でも、夜が明けるまではまだだいぶありそうよ」

奈々は身動きが取れない、助けを呼ぶことも出来ない、ただ待つしかない。幸い自分は何ともない。当面の敵はこの寒さだわ、朝になれば会長がきてくれる。それまで奈々を元気づけなければ……、淳子はそう思った。

夜風は容赦なく二人の体温を奪った。

寝袋の中に二人は入れず、淳子は布団を奈々に掛け、寄り添った。そして奈々に話し掛けた。

「痛む？」

奈々は肯いて見せた。苦痛で声がでそうになかった。だが、すぐあわてて、

「うん、だんだん麻痺してきたみたい」

と言った。淳子は深刻になりはしたものの努めて明るく、

「夜が明けるまでの辛抱よ。それまでがんばって。寝ちゃダメよ」

と言った。

奈々は何とか返事をしようとしたが、意識が朦朧としていた。人体には自ら脳内で麻薬を分泌することがあるというのは知っていたが、実際に体験するのはこれが

初めてだった。痛みと入れ替わるように睡魔がやってきた。でもちゃんとお母さんに答えてあげなくちゃ。お母さんにはちゃんと声で答えてあげなくちゃ……。そう思うのだが声はでなかった。

「奈々！　起きて！　眠っちゃだめ。辛いだろうけどお母さんの話を聞いて」

奈々は睡魔と闘っていた。返事のない奈々に淳子は続ける。

「私はね、なんであなたが突然きたのかわかっているのよ」

依然、奈々の反応はない。

「私に聞いてほしいことがあるんじゃない？」

しばらくの沈黙のあと、淳子は思い切って言った。

「あなた……、妊娠してるでしょ」

奈々は予想外の母の言葉に敏感に反応した。ビクッと大きな鼓動を一つしたかと思うと、急に覚醒した。

「どうして、……それを」

大きく目を見開きながらも弱々しく答える奈々に、淳子はまるで全てのことを知る神のような口振りで言う。

「私はあなたの母親よ。何でもわかっちゃうんだから」

奈々は淳子の顔をまじまじと見た。目の見えない母。でも、なんでも知っている母。どんなに会っていなくても、どんなに遠く離れていても、悩みを抱えて戻った娘の心情を瞬時に察してくれる、大好きな母。世の中の全てのお母さんは皆こうなのかな？　奈々は思った。

「訳ありなんでしょ」

淳子はたいして深刻そうでない口調でいった。

「参ったなぁ、もう。でもそれ以上は聞かないで……」

しばらく考えてから淳子は言った。

「ねえ、奈々。お母さんはあなたにああしろとかこうしろとか言わずに育ててきたつもり。だから今回もどうしろとは言わないわ。でもね、迷ってる娘に助言するのは親の務めだと思うの」

「そうよね、私は……」

（自分のしたいようにする）

奈々は、そう言いたかったが、言葉にならなかった。

（一体全体、私の望んでることって？）

淳子は頭を横にふり、長い間考えた。冬の夜、潰れた屋根の下敷きになり、奇跡的に命だけは取り留めたものの、状況は極めて思わしくない。加えて奈々の体の中にはもう一つの命が存在するのだ。それらが彼女に決心させた。奈々に語ろう。今夜、今から夜が明けるまでに。

淳子は大きく深呼吸をして一区切りつけると、昔よくそうしたように語り掛けた。奈々が寝付くまでおとぎ話を聞かせてあげた時のように、やさしく……。


淳子が日本にやって来たのは、今から二十数年前、淳子が十八歳の春だった。時代は高度成長期の真っ只中で、日本という国が一丸となってある方向へと向かって突き進んでいる頃だった。

アメリカ人の父と、日本人の母を持つ淳子は、アメリカで裕福な暮らしをしていたが、両親の離婚を機に、中途半端な時期に日本に来ることになった。家庭内では日本語も話そうという母の方針で、日本語も難なく話せた。傍から見れば、人形のような容姿をした子が流暢に日本語をしゃべるので奇異に映ったかもしれない。それほど外国人は珍しい時代だった。

学歴社会の日本でのこの時期の転校は淳子にとって歓迎されることではなかったが、そう悲観することもなかった。勉強は元々よく出来たし、前々から日本に来てみたかったから。

莫大とは言えないが、かなりのまとまった金額の慰謝料を得ていたので、当時の日本の平均的な家庭より、母子家庭でありながら豊かに暮らせた。母は地方都市に一軒家を構え、淳子のためにピアノを用意してくれた。

淳子は小さな頃から才能を見出され、両親に進められるままにピアノを習ってきた。将来はピアニストだ、という父の期待を受けて一心に練習した。コンクールではいつも入賞し、父を喜ばせた。数々の盾やトロフィーは、淳子の技量の証にはなったが淳子には何の意味もなさない。父の喜ぶ顔が見たくて、それでがんばったのだ。でもその〝証〟を見て父が喜ぶのなら、その度に私を誉めてくれるのなら、それでもいい、たくさんたくさん、取れるものはみんな取ってやろう、そう淳子は思った。

今、ここにそれらの物はない。父との思い出とともにアメリカに置いてきた。いや父に自分の優れた部分だけを、トロフィーや盾といった形に変えて置いてきたのだ。

淳子は前向きになろうと努めた。たくさん友達を作って、楽しく高校生活を過ごそう。

登校初日、担任の先生からクラスのみんなに紹介されるまで、ゆく先々で異国の少女は人々の好奇の目に晒された。

しかし、先生から紹介されるやいなや一転してクラスのヒロインになった。もともとその資質は十分にあるのだ。放課後になると、リーダー格の女の子が四、五人の子を引き連れてやってきて淳子の周りを囲んだ。

「すごくかわいい」

「お人形さんみたい」

「ハーフなんだよね？」

「友達になって」

「交換日記しない？」

様々な言葉が飛び交う。

「みんな、ありがとう。こちらこそよろしくね」

淳子が流暢に答えると、みんなは訳もなく、ワァーッと騒いだ。

数日が過ぎると、淳子はもうすっかり日本の高校に馴染んでいた。金髪はことさら人目を引くが、それ以外はごく普通の女子高生になっていた。その頃になると、今まで気にかけていなかった子が、クラスにいることがわかった。

その子はいつも人目を避けるようにしていたから、クラスの中心的存在になりつつある淳子の目に入らなかったのだ。よくよく注意して見ていると、誰も彼女に話し掛けない。いつも一人ぼっちでいる。なんだか気になり、いつか話しかけてみようと淳子は思った。

しかし、その機会はなかなかやってこなかった。

学校に通いはじめて一月もしたある日、淳子は気まぐれで一本前の電車で行くことにした。すると見覚えのある顔を車両の隅に発見した。あの子だ。意外だった。

淳子の通う高校のほとんどの生徒が私鉄を利用していた。そのほうが駅も学校から近いし、何より一時間あたりの電車の数が多いから便利だった。では何故不便な国鉄通いを強いられるのか。その答えは単純明快。自分の住む家が私鉄の圏外だからだ。しかたのないことだった。だが淳子が通える範囲で学びたい音楽科のある高校はここしかなかった。

（あの子、いつもこの電車なのかな。降りたら話し掛けてみよう）

案の定、ローカル駅で下車したのはほんの数人だった。自分達のほかに他校の制服の子が四、五人とサラリーマン風の人が二人。

淳子は気づかれないように一番最後に改札をでた。そして後ろから声をかけた。

「おはよう」

その子は驚いて立ち止まった。彼女の顔は怪訝さに満ちていた。

「同じクラスよね。一度も話したことないけど」

「ああ、おはよう。ごめんなさい、びっくりしちゃって」

「いつも、この電車なの？」

「ええ」

と、その子は言った。

「いつも一時間も前に？　信じられない。早起きが趣味なの？」

淳子は冗談めかして聞いた。

「ううん、そんなんじゃない」

と言った彼女の表情からは、ぎこちなさが消えていた。

「私あなたの名前も知らないわ。せっかく家が同じ方向なんだからよろしくね」

しばらく二人連れ添って、人気のない商店街のアーケードを歩いた。これを抜けると私鉄の駅があり、そこからは幾分人の姿が増える。学校まではさらにここから三十分以上歩かねばならない。

淳子らの通う芸術科は坂を登りきった頂上にある。途中商業科や農業科、工業科に通う生徒達が徐々に姿を消した。

「ようやく慣れたけど、遠いわね。よくこんな高台に校舎を建てたものね。ここなら津波が来ても平気」

淳子がそう言うと彼女は笑った。

眼下に広がる風景は美しく、その町並みは城下町を思わせた。開けた視界に鮮やかに映る、白い校舎と青い空のコントラスト。少し汗ばんだ肌に、心地よい風がそよいだ。

いつもより一時間も早いのだから見知った顔にそう出くわすことはないと思って

いたが、部活の関係だろう、思ったより早くみんな登校している。淳子の知った顔があった。

「おはよう淳子」

さつきが話し掛けてきた。さつきは隣の子を無視して淳子にだけ話しかける。

淳子には、数少ない国鉄組の仲間が心なしか萎縮したように感じた。

彼女は俯《うつむ》くと、

「先、行くね」

と言ってその場を立ち去ってしまった。

「淳子、あの子と一緒に来たんだ」

「ええ、今まで気づかなかったの。同じクラスに国鉄組がいるのを」

「あんな子、シカトしたほうがいいわ」

淳子は驚いた。優しいさつきがこんなことを言うなんて。

「どうして？」

淳子は聞いた。

「どうしてって……」

さつきは答えられなかった。そもそも理由なんてないのだから。

「ともかく、みんなに嫌われてるのよ。だから淳子も関わらないほうがいいわ」

淳子にはわからなかった。温かく迎えてくれたクラスメートにこんな意外な一面があるとは。でも心当たりがないでもなかった。彼女が避けられる理由が……。もしそうだとすれば、それはとても悲しいことだと思った。

彼女はひっそりとクラスに佇む、目立たない子。仮にA子と呼ぼう。彼女の成績は抜群だった。先生の言葉を一言も聞き漏らさぬよう常に集中し、自分の物にしようと躍起になっていた。まるで勉強が全て、成績が最優先、ほかのことはどうでもいいといった感じだった。

だが一番の、最悪の特徴は彼女の皮膚だった。顔全体が火傷の跡のようにただれている。いや、きっとそれは顔だけではないのだろう。前髪を垂らしてなるべく顔を隠すようにしていたが、面と向かって話す時視界に入らぬ訳はないだろう。淳子にも当然それが目に入ったが、気にはならなかった。

それは淳子の育った環境による影響も大きかった。様々な人種、様々な障害を抱える人達と暮らしてきた。

でも、いつの時代でもどこででも偏見はある。いったいいつ頃からだろう。人の心に、肌の色や、体型、訛りがあるとか、吃るとかといったことに〝差別〟という囲いが芽生えるのは。

淳子が初めてそれを知ったのはジュニアハイスクールに入ろうかという時期であった。

ある些細なことが原因で喧嘩した男子二人のうち一人がこう叫んだ。

「うるさい！　黙ってろこのニガー！」

それを聞いた黒人の男子は怒り狂って、二、三人で押さえつけなければ本当に相手を殺しかねない勢いだった。体格の差は歴然で、組み合っていれば白人のほうはひとたまりもなかっただろう。劣勢に窮して言ってはならない言葉を言ってしまったのだ。しかもその言葉は今瞬時に生まれたのではない。彼の内面で巣くい、少しずつゆっくりと育ち、いつでも彼の口から出ようとする状態にあったのだ。

二人とも小さな頃から知っていて、淳子も共によく三人で遊んだ。でも、その日を境に男子二人の交友は絶たれ、二度と元には戻らなかった。

肌の色が違う。太っていてのろま。ただそれだけで攻撃の対象にされてしまう。

そんな中でも淳子は誰それ分け隔てなく人に接するよう努めた。

もし、A子が肌のことだけでみんなから蔑まれているのなら、許されることではなく、すごく不当に感じた。

人も本能的に同類と群れる習性がある。アフリカのサバンナにおいて数多くの種類の動物が生息しているが、キリンとヒョウ、象とサイ、あるいはライオンとバッファローといった組み合わせを見たことがない。人もまた極端に違う〝種〟を遠ざけるのだ。時にこれはいじめという過酷な弱肉強食の掟にしたがって、牙を剥いて威嚇するよう罵声を浴びせるか、集団で秘密裏に罠を張る。

格好の餌食がA子だった。

クラスのみんなは〝いじめられる資質〟を十二分に持っているA子に対し、存分にいじめの猛威を振るった。ある者はあからさまに嫌がらせをし、ある者は徹底的に彼女を無視した。群れの中で一匹弱った者がいた場合、その一匹が犠牲になれば他の者は救われる。その心理も働いて〝狙われそう〟な子は意識してA子を攻撃する。「獲物はあっちよ！　こっちじゃないわ！」と。

「ねえねえ、淳子。今日アイスクリーム食べに寄ってかない？」

その日、授業が終わると、クラスの人気者の一人、恵子が言った。彼女は明るく美人でリーダーシップがあり、クラスの、というより学校のアイドル的存在だった。下級生はもちろん、同級生の女の子も彼女に憧れ、親しくなりたくてしょうがなかった。殊に男子に至っては言うまでもない。

「ごめんなさい、今日は約束があるの」

それは嘘だった。淳子は先に帰ったA子の後を、それとなく追った。

その場にポツンと取り残された三人の取り巻きと恵子。彼女らの顔には不満が満ちていた。

「何よう、付き合い悪いなぁー。せっかく恵子が誘ってあげてるのにぃー」

舌足らずの口調でさつきが言う。

「別にいいのよ、私達だけでいきましょう」

こんな些細なことで腹を立てているのを悟られぬよう、作り笑いをして恵子は言った。

「でも、ちょっと生意気じゃない？」

取り巻きの一人が言った。

（ちょっとですって！）

恵子は心の中で叫ぶ。

「そう言えば、今朝A子と一緒に来てたしぃー」

さつきが言う。

「A子と？」

「うん、同じ国鉄組みたいだよー」

「そう、じゃ、二人は遅かれ早かれ仲良しになる訳ね」

そう言う恵子の顔は何か企んでいるようだった。


とりとめのない会話を交わしながら、たくさんの生徒達が長く緩やかな坂を下ってゆく。

若者特有の抜けるような声。悪ふざけをしながらジャレ合う者らの歓喜を含んだ流れは、一定の時刻決まってここを通る。水門から放たれた水が先を急いで下流へと流れるように。そして、その先に行くにしたがって支流が生じ、ある者は私鉄へ、ある者は国鉄へ、そしてある者はそこに留まり、ウインドーショッピングをしたり、レンタルレコード屋の入り口を潜ったりする。

淳子とA子は、流れの最終地点である国鉄駅のそばの「まんだらや」でベンチを温めていた。二人はオレンジジュースと、この店自慢の大判焼きのクリーム入りを頬張っていた。年頃の女の子が甘いものを手に、無言でいるのは珍しい。

改まって「友達になろう」とか言うのは淳子の趣旨にそぐわないのだが、かける言葉が見つからない。当たり前のことに対して当たり前の質問は憚られて然るべきで、例えばけがをして松葉杖をついている人に「大変ですね」と声をかけるのは、優しさより社交辞令の感が強いと淳子は思っていた。苦労人に同調して苦労話を語らせるのは酷なのだ。

「私はピアノ弾くの」

ようやく淳子が言うと、A子はやっぱりという顔をして、大きく肯いた。

「将来、ピアニストになるのが夢なの」

そう言う淳子の顔を眩しそうに見るA子。そしてそれに触発されてか、

「私は絵を描くの」

とA子が言う。目を一段と大きくして淳子が言う。

「どんな？」

「水彩画。本当は油絵を描きたいけど……。今のところは風景ばっかり描いているの」

「絵かぁ。一度見てみたいな」

「人に見せられるようなのはまだ描けてないの。それよりピアノこそ、表現の違いが現れるよね。一度あなたの演奏を聞いてみたいわ」

A子は細長く均整のとれた、淳子の指を見ながら言った。

「いいわよ。明日、音楽室で」

淳子がそう言うと、電車がホームに滑り込むのが見えた。二人は駆け足で駅に向かった。

次の日、放課後の音楽室で、淳子は思いのまま、ありのままを晒すようにピアノを弾いた。

数々のコンクールで評価された曲や、これでもかと言わんばかりに鍵盤上を指が駆けるポロネーズを一心不乱に弾いた。

その音色は透明で、迷いがなく、淳子らしさが出ていた。

弾き終えると同時にA子が興奮気味に拍手した。

今まで父からは、より困難で技術的に高度な曲を弾きこなすよう指導されてきた。そのほうがコンクールでの受けがいいからだ。もちろんそれに付随して表現法のテクニックをも教えられた。

ふと、力を抜いて淳子は続ける。

「こんな曲はどう?」

淳子は先ほどとは打って変わってゆったりとしたノクターン二十番嬰ハ短調を弾きだした。

校舎に響く音色は切なく、もの悲しい。

夕日に染まる教室に、その旋律は響き、濃い影を落とした。

そしてA子の心にも色濃く影を残す。

かつての辛い記憶が蘇る。しかし不思議なことに透明感溢れるショパンの旋律は、それらのものを美化する。あまりにもリアルに再現された過去の傷跡が、セピア色に染まった。

やがて淳子は弾き終えると、

「この曲はね、レッスンに疲れた時、自分自身を癒す為に弾いていた曲なんだ」

と言った。

「そう。でもそれだけじゃないわ、淳子」

A子は続ける。

「聞いている人も、癒してくれる。少なくとも私には……。私、好きよ。この曲。特に、途中で明るく変調するところ……、まるで暗闇に光が射すようだわ」

二人は微笑むと、言葉を交わす代わりに目で語り合う。

淳子は再びノクターンを弾きだし、A子はそれに聞き入る。

悲哀の調べはそんな二人を優しく包み込み、時の経つのを忘れさせた。


衣替えの季節がやって来た。黒や紺といったダーク系の色調から光を反射する白い制服へと替わるこの時期は、森の緑が新緑に変わったように眼に眩しい。夏に向けての解放感は、自然と心を踊らせる。しかしA子には憂うつな行事であった。肌の露出が多い分、不必要な注目をされるからだ。

動物界の求愛ダンス顔負けの挑発、誘惑が功を成すのもこの時期だ。ませた子は

「一夏の経験」をしたがっている。

A子と淳子は親密さを増していった。ほぼ毎日登下校を共にし、クラスにいる時もほとんどの時間を共有していた。

その頃には淳子もクラスの仲間から異端視されていた。しかしそんなことは淳子には関係ない。

親しくなるにつれ、彼女の陰の深さをより知ることになる。光の届かぬ海底に秘めたような、何人も覗くことの出来ない過酷な秘密。

ある日彼女は淳子に語りだした。

「私は誰からも愛されずに育ったの。母は弟が生まれ、彼が私と同じような醜い肌をしていることを知ると、正気を失ってどこかに蒸発してしまったの。もっともそれを叔母に聞かされたのはずいぶん後になってからだけど……。

叔父さん叔母さんには本当にお世話になってるの。優しいかって? やっかいものだからね、二人とも。しかも全然可愛くない……。小さい頃よくぶたれたわ。『何でおまえらがいるんだ、何でおまえらみたいなやつの面倒をみなきゃいけないんだ』って。叔父さんいつも酔っ払っていてね……。でも仕方ないの、叔父さんは若い頃、仕事先の製材所で機械に巻き込まれて、体が不自由なの。左半分、腕と足が根元からないの。でね、そのどうしようもない、思いどおりにならない苛立ちを、多分私達にぶつけていたんだろうって、そう思うの。私達はぶたれても平気だったし、誰もそれに気づかなかった。もしかしたら皆気づいていたのかもしれないけど……。

顔がどんなに腫れても、足をひきずっても、それは家においてもらうための代償だと思っていたからなんともなかった。だけど、最近は違うのよ。私、なるべく叔父さんを手伝ってあげてるの。叔父さん、体にハンデがあるのに、自分で機械を買って自宅の横に工場を作って木材を削ってるの。偉いでしょ。片手だとどうしても能率が下がるけど、その分時間で補わなくちゃいけないから、休みなしで働いてるの。だから少しでも手助けになれたらいいなぁと思って」

A子は屈託なく話す。そのあどけなさは、薄暗い、埃っぽい、床と地面との区別が出来ないほどの汚れた工場で働いている姿を連想させない。たとえそこがどんな場所でも、どんなに辛い作業でも、その表情は変わらないと思えた。

開け放たれた工場の前を様々な人が行き交う。通学や通勤、犬の散歩をする人。

幼い子を連れた微笑ましい親子や、仲むつまじいカップル。時には同い年の子らが楽しそうに前を通り過ぎて行く。A子にはそれらが別世界のことのように見える。

私は、ここに居る。ここにしかない私の居場所。日曜日も祝日も、ここでこうして作業している。時々、大きな声で叫び出したい衝動にかられることがある。

「誰か！　私はここに居る！　誰か私を見つけて！」

でもA子は外の世界に笑顔を投げ掛けるだけ。そして人々から笑顔は返って来ない。

しかし、ある日初めてA子に微笑みを返してくれた人がいた。

淳子だった。

彼女は日曜日の朝、突然A子の前に、ブラウスにジーンズといったラフな格好で現れた。そして危険だからよしなさい、と言う叔父さんを説き伏せて作業を手伝った。

二人は黙々と作業を続けた。会話はないけれど、二人の息は合っていた。A子が製材の機械に木材を入れると、機械は唸りを上げ、一定の厚みに木材を削り、送り出す。それを淳子が受け取る。それを延々と繰り返す。A子は、いつもと変わらぬ作業がこんなにも新鮮で、楽しいのは何故だろう、そう思いながら、汗をぬぐうふりをして、袖で顔をぬぐった。

それから数日後。

「私が今までで一番辛かったこと、教えてあげる」

A子は秘密を打ち明けるように言った。放課後のだれもいない体育館で。

「いいんだよ、無理しなくって」

淳子は語ることによって悲しい記憶が蘇るのを危惧して言った。

「ううん、あなたには、淳子には聞いといてほしいんだ」

A子はまっすぐ淳子の眼をみるとこう答え、語りはじめた。

「私生まれつきこんな体だったから、お母さん、びっくりしたんだろうな。きっとお腹にいる時は優しく話しかけてくれたりしたんだろうけど……。まさかこんな醜い子が生まれるなんて思ってもいなかったんだろうな。原因はわからない。遺伝上の問題らしいわ。私なりに調べたんだけど、染色体異常で皮膚の組織に異常があるみたい。だけどこれが悪性腫瘍になったりはしないみたい。もちろん断言は出来ないけど。私みたいに皮膚に先天的に疾患を持って生まれてくる人は、正確な数はわからないけど、それなりにいるみたい。でもこれはお母さんのせいでもないし、誰のせいでもない。仕方の無いこと。私だって本当はかわいく生まれて喜ばせてあげたかった。お母さんの期待に応えたかった。人並みに誕生日を祝ってほしかった……。弟のことは前話したよね。私達二人は親戚に預けられて、物心ついた時は叔父さん叔母さんがお父さんお母さんだったわ。叔父さんは本当は優しい人なのに、私達が居るばっかりに……。弟は、慎二は優しい子で、動物が大好きでね、よく捨て猫を拾って来ては怒られてたわ。『お前たちだけで精一杯だ！』って。で、しょうがないから餌だけ自分の給食の残りをあげたりして……。

小学校の五、六年の時かな、よくいじめられては泣いて帰って来たっけ。そんな慎二に『泣くんじゃない』って何度言ったことか。私はこう思うの。どんなに欠点がある人間だって、人より秀でるものがあれば劣等感を感じないですむって。だから慎二にこう言ってやったわ。『勉強でも運動でもいいから何か一つでも一番になりなさい、そうすればいじめた子たちも慎二を見直すわよ』って。こうも言ったわ。『泣いたり、弱いところを見せると余計に喜ばすことになるんだよ。そういう所が見たいんだよ、いじめっ子っていうのは』

私はね、慎二に強くなってほしかった。こんなハンデなんかちっとも気にしない、強い男の子に……。でも負けちゃったんだな。案外女のほうが強いのかな。

慎二は中学にあがって、陸上部に入ったの。

『短距離ではどうしようもないけど、長距離なら何とか気合と根性で一番になれそうだよ』そう嬉しそうに話してくれたのをよく覚えてる。

頑張ったんだよね、必死で。実力以上のことをしようとしていたんだ。もう、目一杯だったんだよ、きっと。でも負けたくない、馬鹿にされたくない。その一心で頑張っていたのに……。

ある日、もう疲れたよ、何にもいいことなんかなかったよって、ぽつりとつぶやきを残して校舎から飛び降りて自殺しちゃったんだ。

後になって人から聞いたんだけど、気を寄せていた女の子にひどいことを言われたんだって。

慎二の死は確かに悲しかったけれど、それ以上に私自身が慎二の死に顔を見て、なぜかほっとしてしまったことが腹立たしくて。なんだか慎二は死んでしまったほうがよかったみたいに思えて……。その時私、正直言って、慎二が羨ましくもあり、卑怯だとも思った。だけど私はより一層固く誓ったの。絶対に負けない。逃げ出したりしない。慎二の分も生きて、きっと、……きっと幸福になるんだって」

夏休み前の試験が終わり安堵感漂う雰囲気の中で、A子と淳子はいつものように長い下り坂を歩いていた。授業は午前中だけなので、帰り道のデパートの最上階にある、学生御用達の低価格で美味なラーメンを提供してくれる店で昼食をとろうと、真剣さながらの議論の末、ようやく決まった。

最上階のフロアには、学生が溢れていた。

中には見知った顔がずいぶん見られた。

恵子とみゆき、それにさつきが中央に陣取り、優雅さに欠ける様相でラーメンを啜っていた。そのうち、さつきが立ちあがり、多分食後のデザートのためだろう、セルフサービスのレジのほうへと行くのが見えた。

淳子とA子は注文する為その後ろに並んだ。

土曜の昼とあって忙しいらしく、店員は注文を受けると同時に、てきぱきと食品を提供していた。さつきはソフトクリームを注文し、代金を払おうとしていた。が、その時彼女の動きが止まった。財布を開けるや否や顔面蒼白となり、その直後みるみるうちに顔が朱に染まった。

「えー。あの……。スイマセン……」

申し訳なさそうに消え入る声でさつきが言う。レジ係は明らかに迷惑そうに、

「何？　どうしたの？」

と、さつきの顔を覗きこむ。

「あのー、そのー」

もじもじしているだけで言葉にならないさつき。

すぐ奥で、店員が渦巻状に盛り付けを完了したソフトクリームを手に、早く渡したくてうずうずしているのがわかる。

その様子を背後で見ていたA子は、携えた財布からコインを取り出し、さつきの体を通り越してレジ係に渡した。

「これ使って」

A子は言った。

さつきはすぐ後ろに並んでいたのがA子だったと気づき、救われたといった気持ち半分、嫌な顔を隠さなかった。あんたなんかの世話になりたくないわよ、と。しかしあと数秒もしたら溶けてしまいそうな哀れなソフトクリームにそそのかされ、それを手にするさつきであった。

さつきは礼を言うでもなく、むしろ今かいた恥はあんたのせいよといわんばかりの形相でA子を睨み付けながら、恵子らが待つテーブルへと歩いていった。

その後A子と淳子は注文を済ませると、フロアの隅のほうに空席を見つけ、腰を下ろした。

「どうしてあんな子にお金を貸したの？」

淳子は座るや否や聞いた。

「だって、困ってたじゃない。さつきさん」

「それはそうだけど。自分がいけないんじゃない」

「でも、目の前で困ってるのを見たら、なんとかしてあげたくなるじゃない？　知らない人でもないし」

淳子はなかば呆れていた。

「知らない人じゃないって……。さつきは、あなたにあんな酷いことしたじゃない。それなのに……あなたって人は……」

呆れながらも顔は嬉しそうに微笑んでいる。

淳子が言うのは先日の授業でのことだ。

A子にとっては残酷とも言える自画像のデッサン。淳子は、A子の描いた自画像に惚れ惚れと見入っていた。そして思わず叫んだ。

「すごい！　さすがだわ。上手く描けてる」

淳子が賞賛するとA子は謙遜した。

まるで名高い美術品を鑑賞するかのように、淳子はイーゼルに掲げられた肖像画を腕組みして見ていた。

しかし、A子は未だ逡巡している。最後の仕上げを描き込むべきかどうかを。忠実に写実するのなら、描かねばならない。しかし……。

その様子を見ていたさつきは、そっと背後から忍び寄り、

「何よ、これ。まだ完成してないじゃない」

と言い、隠し持っていた4Bの鉛筆で肖像画の顔の部分を描き殴った。

みるみるうちに塗りつぶされ、顔は陰っていく。

「なっ、何をするの！」

初めに叫んだのは淳子だった。淳子は咄嗟にさつきの手から鉛筆をもぎ取ろうと荒々しく摑んだ。もみ合う手と手。激しく罵り合い、もつれ合いしているうちにイーゼルがバタンと倒れた。その騒ぎに先生が気づき、たしなめる。その先生の声よりひときわ甲高く叫ぶA子の声。

「やめて！　ふたりとも」

場は一瞬、凍りついた。

淳子とさつきは床に倒れてもなお、もつれ合っていたが、その声を聞いて淳子は、

「何故、どうしてこんなひどいことされて黙ってるの？　悔しくないの！」

A子に問う。

A子は落ち着き払い、優しい口調で、

「いいの。だって、鉛筆の影は消しゴムで消せるもの」

と言って、倒れたイーゼルを起こし、消しゴムで優しく擦りはじめた。

それを聞いた淳子は硬直した。絵に加えられた影は消せる。

A子の言葉の端に込められた感情を推し量ると胸が痛んだ。彼女はこうも言いたかったのではないか。

私の顔の影も消しゴムで消せたらいいのに、と……。

実際に、影や傷は人によって加えられるものかもしれない。それは外面だけに留まらず内面、心にも及ぶ。人はこうして愚行を重ね、傷つけ、差別化を図りながら生きてゆく。弱い者ほど、より弱い者を見て自分の偽りの強さを確認せずにはいられないものなのか……。

淳子はさつきを突き飛ばし、影を消そうとA子にならった。肖像画の頬を撫でると、なんだかA子の頬を撫でているような錯覚を起こした。本当に消えたらいいのに。消せたらいいのに。そう思いながらそっと消しゴムで撫でた。

こんなにも上手く描けているのに、なんてひどい事を……。悔しさで涙が出そうになる淳子であった。


「私だったら、あんな子に優しく出来ない」

淳子は決して好戦的ではないが、飛んでくる火の粉は払わねばいられない性格。

「お金、返してくれないわよ。絶対に」

「返してもらおうなんて思ってないわ、初めから」

「――あなたって、本当……。感心しちゃう」

畏敬の念に駆られ、呆れた眼差しを向ける淳子の目は、少し潤んでいた。

「募金をしたと思えばいいのよ。〝困っている人に愛の手を〟なんてね……」

そう茶目っ気たっぷりにA子は言った。

「ふふっ。確かにそうね。あの子の顔ったら……なかったわね」

淳子もそう言い、二人で笑った。その笑い声は、さつきらのテーブルにも届き、彼女らはその出所に気付くと嫌悪感をあらわにした。しかしそんなことは気にならない。今、楽しく食事していることが二人はうれしかった。

淳子と知り合うまでA子は道草を食ったことなどなかった。一人ではとても立ち寄る気にならなかったのだ。おしゃべりをしながら気の合った人と食事をする、そんな当たり前のことが、A子には未知で新鮮な、異国での出来事のように楽しく感じられた。

会話は自然と弾み、時には身振りを加えながら感情豊かにしゃべる淳子に、A子はつい、思いもよらないことを口にしそうになった。

「ねえ、好きな人いる？」

そう淳子は聞いてきた。

しかしその質問には答えられない。

だが帰る道々を楽しい気分のまま歩き、気持ちが昂ぶっていたA子は、「まんだらや」に着いた時、同じことを問われ、とうとう答えてしまった。ここは喧騒とは程遠い場末の飲食店。私鉄沿線やアーケードからかけ離れており、閑散とした佇まいである。そんな店先のベンチに座る二人に耳をそばだてる人物がいると、誰が予想したろう。

やはり彼女も年頃の女の子。恋愛感情はある。そしてこの時期それを語り合える友人は大切な存在である。内心A子は問われたことがうれしかった。

口をついて出たのは、高橋という同じクラスの男子の名だった。

口にしてしまってから、A子は、出来ることなら散らばる言葉の余韻をかき集めたことだろう。そして永遠の封印をして二度と口にしないと誓っただろう。

しかし一度口からでた言葉は、店内で品物を物色するふりをしていた恵子の耳に、届いてしまった。

高橋努は、ごく平凡などこにでもいるような、目立たない男子だった。

しかしそれなりに友達もいて、成績は可もなく不可もなく。運動神経も飛びぬけて優れている訳でもなく、ようするに学力、人望、見た目、運動神経その他一切合切、全ての平均値のど真ん中にいるような男子であった。しかしただ一つ、平均以上のものがあった。

それは優しさである。

高橋は以前、抱えきれないほど多くの書物を持つA子と廊下でぶつかり、転んだことがあった。よく前を見ていなかったA子が悪いのだが、彼は怒るどころか散乱する書物を拾うのを手伝ってくれた。

「こんなに沢山の本、どこへ運ぶの？」

A子はその問いかけに咄嗟に答えることが出来ず、高橋の顔をポカンと見ていた。

「半分持ってやるよ。どこへ持って行ったらいい？」

A子は申し訳ない気持ちと恥ずかしさでいっぱいになり、何も言えなかった。それから二人は黙って廊下を歩いた。

以来、事あるごとに高橋の挙動を目で追うようになり、心が空虚な時や、深い悲しみに覆われてしまいそうな時は、彼のことを思い出しては徐々にその思いを募らせていった。

一学期の終業式。その日の朝、A子の机に一通の手紙が入っていた。

A子ははじめ、机の中にそれを発見した時、何かの間違いだと思った。きっとすぐ後ろの席の淳子と間違えたんだわ、と思った。

しかし封筒の裏にはまぎれもなくA子の名が書かれている。

一瞬ためらった後、素早くそれをポケットに収めると、辺りを見回した。

ドキドキした。書かれている内容を知りたい、はやる気持ちを抑えて一人になれる場所を探した。

体育館では教師たちから、休みに入るにあたって、お決まりのお節介な注意事項が延々と述べられており、いいかげんウンザリとした辛抱のない若者達は、私語を誰に憚ることなく発していた。

ざわめきだした広い空間の中で、一つの視線がある男子に熱心に注がれている。A子は左斜め前方の高橋を見つめていた。

彼は前の男の子と笑いながらしゃべっている。いつもと変わらないその仕草に、A子はやっぱりあれはいたずらなんだ、と残念に思う。

つい先ほど、興奮を抑え、何度も何度も読み返した短い手紙にはこう書いてあった。

「今日、式が終わって人のいなくなった体育館で待ってます。　高橋」

あまりきれいな字ではないが丁寧に書かれた文字に誠実さを感じた。そして文の最後に『高橋』の文字を見て、(信じられない!!　ひょっとしたら愛の告白?)と、思ってはいけないことを思わずにいられなかった。と同時に、これはいたずらなんでは、という思いもあった。

生まれて初めて男の子から貰った手紙、それも自分の好きな男の子から……。信じたくない訳がない。でも彼女は今までの経験から容易にそれを受け入れようとはしない。きっとこれを鵜呑みにすれば、自分が傷つく。大体、私と高橋君はそんなに親しく言葉を交わしたことなどない。仮に私が彼にほんの少しの接触で好意を寄せたように、彼にもそんな感情が芽生えているというなら、私は自分の気持ちを偽らず彼に告白するだろう。こんな私に好意を持ってくれたのなら、必ず伝えなければいけない、そうA子は思った。

複雑な思いのA子をよそに無邪気に振る舞う高橋を見て、やっぱりと思う反面、心のどこかであり得ない期待を捨てきれずに手紙の内容を反芻する。

「体育館で待ってる」

彼は本当に人気のない体育館で私を待ってくれるのだろうか？

もしそうだとしたら、行かなければ高橋君に悪い。もし行って誰もいなければそれはやはりいたずらなんだと納得すればいい。そう決心しながらこのことを淳子に相談しようかしまいか迷っていた。

式が終わると生徒達は、弾かれるように学校を後にした。

そんな中、息を潜めるように、A子は時が経つのを待った。迷ったあげく、淳子には何も言わないことにした。言うなら明日でもいい。しばらく経ってから体育館に行くと、出入り口は開け放たれていて、中はひっそりとしていた。

恐る恐る中に入ってみると、やはりというか当然というか誰もいなかった。何か素晴らしいことが待ち構えていると期待したのに、空っぽの空間が彼女を迎えた。A子は失意の念を禁じ得ずに、でも、しかし期待するほうがいけないのよと早くも気持ちを切り替えて帰ろうとした。

するとその時、入ってきた扉が突然閉まった。慌てて駆け寄り開けようと試みるが開かない。どうなってるんだろうと辺りを見渡すと、ステージの脇から人影が見えた。咄嗟に彼女は身構えた。その人物は悪名高い太田だったからだ。太田が両方の手をポケットに突っ込みながらゆっくりとこちらに向かってくる。

「のこのことやって来やがって。メデテーヤロウだな、全く。愛しの高橋君は何処にいるのかな?」

太田はゆっくりと言い含めるように言った。この一言に、さっきまでの淡い、切ない期待は粉砕され、絶望だけが彼女を支配した。何も言えないでいる彼女に、太田は更に追い討ちをかける。

「おまえみたいな奴が人から好きだと言われると思ってんのか? 図々しいんだよ」

彼女は悲しみに打ちひしがれる間もなく恐怖を感じた。どうなるんだろう。何をされるんだろう。太田はニヤニヤ笑いながら、いたぶるような眼差しを向けている。助けを呼ぼうと声を出そうとするが、のどからはひゅうひゅうという息が漏れるだけだった。

どうして？　という、視線を太田に向けると、

「おめえは、目障りなんだよ。目立たないようにはいつくばってりゃいいものを。ゴキブリなんだよ、お前は。見たらぶっ潰さなきゃ気がすまねぇ」

気丈なA子の顎ががくりと落ちた。

悔しくて涙がでそうだった。

でも、こんなヤツの前で涙してはいけない。私の脆さを晒してはいけない。そう思い必死でこらえる。

「おまえ、処女だろ」

確信をもって、冷たい口調で太田が言う。A子は逃げ場を失った子牛のように、なす術もなく潤んだ瞳を空に向けていた。恐怖におののき身動きの出来ないA子の服を剥ぎ取るのは簡単なことだった。

床に押し倒され上半身があらわになる。予想外のたわわな膨らみに、より一層の

けで何もしない。

興奮を覚える。しかし彼は押さえつけながらも、じっくりと彼女の体を観察するだ

　顔に息が掛かるくらいに近づいて、彼は言った。

「オレは、おまえを相手にするほど落ちぶれちゃいない。お前は犯すに値しない」

　太田はワル特有の魅力で、若い女の子にありがちな、ワルに対する憧れをもつ単純で軽薄な女と多数経験を持っており、しかもなお欲望の赴くまま、やりたい放題の法律すれすれの性行動をとっていた。恵子から持ちかけられたこの計画に乗ったのも、後で『恵子』というご褒美が貰えるからだ。

「お前にプレゼントがある。きっと喜ぶだろうよ。だからと言っちゃ何だが、オレにお礼をしてくれよ。オレを楽しませてくれ」

　太田はこう言うと、ステージにいた仲間に合図した。はじめは気が付かなかったが、そこに太田の子分に両腕を締め上げられた高橋がいた。

「さあ。愛しの高橋君に処女を捧げてやりな。きっとあいつも童貞だけどな。初体験同士でいいじゃないか、ははっ」

　太田は笑うと、高橋をA子の前に立たせた。

二人に押さえつけられ、無理やり股を開かされたA子の剝き出しの性器が高橋の目に映る。高橋はここに来るまでに散々殴られたのだろう、反撃の様子も見せず、ただこの光景に見入っている。

「ショータイムの始まりだ！」

太田は高橋を促す。

「お願い！　やめて、高橋君。あなたのこと嫌いになりたくないから……、お願いだからやめて」

ようやく声の出るようになったA子は呆然としている高橋に懇願した。彼はそんな人じゃない。優しいんだ。こんなことが出来る人じゃない。そう願いを込めて言った。

「いいぞ、嫌がれ。もっと真剣にお願いしろ！」

太田がこう言うと、子分はやれやれと言って首を横に振った。コイツはイカレてる、内心そう思う。高橋がなおも躊躇していると、

「いいか高橋。お前がこいつとやらなけりゃ、この女をもっとひどい目に遭わせてやる」

Ａ子の太ももを押さえつけながら太田が言う。

「ごめんよ……。ごめんよ……」

これ以上の暴力に耐えられない彼は、自分のプライドと共にズボンを脱ぎ捨てた。

戦闘状態になった硬直した彼のものは、未だ人を傷つけることを知らない未使用の兵器で、彼自身扱いを知らなかった。そして彼女の大地もまた未開で汚れのない聖地だった。

第三者の介入により侵略を促すよう指図された心優しい兵士は、彷徨《さまよ》いながらも目標を定め、任務を遂行する。抵抗の術を知らない無垢な彼女は、たとえ優しい刃でも容易に傷ついてしまうというのに……。深く挿入された熱く硬い刃は彼女の魂まで到達し、抉った。

「いや！　やめて！　お願い……。私何にもしてないよ。こんなこと、止めて……」

Ａ子の絶叫が虚空にこだまする。

高橋は衝動に突き動かされ、その動きを止められない。

世界がぐるぐると回り自分の肉体はばらばらに飛散し、痛みのみが彼女を現実に繋ぎ止める。

覆い被さる高橋の顔をどうしても見られず、きつくきつく目をつむるのだが、その隙間からどうしても涙がこぼれてくる。

その光景を三人の男が見ている。興奮もせず、ただ冷淡な六個の目玉が、まるで昆虫の交尾でも観察するように……。

やがて一匹のオスの咆哮がこだますると辺りに静寂がたちこめた。

気が付くとA子は一人取り残され、肌をさらけ出したまま放心していた。

辺りに誰もいないとわかると、初めて声を出して泣いた。

広い空間に放置された彼女の引き裂かれた大地。その赤く染まった大地の裂け目からは白い溶岩が流れ出ていた。


淳子は長い間A子と連絡が取れないでいた。幾度となく彼女の家に電話をするのだけれども電話口に出てくれない。そして何度目かに、ようやくA子は家の脇にある工場の片隅で会ってくれた。

A子は見るからにやつれており、痛々しかった。その姿に掛ける言葉も失って、淳子はしゃがみ込んだ。二人は、長い間膝を抱え、黙っていた。沈黙が深ければ深いほど、長ければ長いほど、悲しみは増す。どれくらい時が経ったのか、あれほどかまびすしかった蟬の声も、今は落ち着きを取り戻している。日が落ちて、気温も幾分下がりはしたものの、二人の額にはうっすらと汗が滲んでいた。とうとう淳子は耐えきれなくなり、泣き出した。

「よっぽど、ひどいことがあったんだね」

淳子は涙を流しながら言った。

依然A子は無言である。

A子は自分の大好きだった高橋を憎まねばならぬ境遇を呪った。あんなに好きだったのに……。もう口も利いてもらえない。顔を見るのさえ拒まれそうで、辛い。自分のことを好きじゃないのはわかっていたけれど、こんなことになって、避けられ、嫌われると思うと切なかった。この切なさや、やり場のない気持ちを今まで何度こらえてきたのだろう。私は人を好きになるのさえ許されない。周りがそれを許さない。ほんのささやかな思いを抱くことさえ許されない。ならばいっそはじめから淡い期待を持たぬほうが賢明かと思う。自身の為にも、また、淳子の為にも……。

高橋君のように淳子をも失いたくはない。傷つくのは私一人で十分。

A子は傷つけられてもなお、自分のことより、高橋を巻き込んでしまったことを申し訳なく思うのだった。自分のせいで彼はあんな目に……。殴られ、傷ついて、そして無理やり私なんかと……。被害者は高橋君のほう。私が彼に好意を持たなければ、彼があんな目に遭うことはなかったはず。淳子にもまた、私の不幸を伝染させてはならない。そう思うとA子は意を決して冷たく言った。

「どうしてあなたが泣くの?」

「……だって……」

「安っぽい同情はよして」

そう言いながら、A子は心の中で謝る。

ごめんなさい淳子。

あなたは私にとってかけがえのない友人です。でも、ごめんなさい。私はあなたに酷いことを言います。許して欲しいなんて言わない。そのかわり、どうか私を嫌いになって……。

「私がどんな目に遭ったかも知らないのに、わかったようなふりしないで」

「…………」

「私、……乱暴されたのよ……」

淳子は驚きを隠せなかった。

「高橋君に……。それも三人の男達の見ている前で」

淳子の大きく見開かれた目から、止めどなく涙が溢れた。両手で口を覆い、嗚咽を堪えた。

「わかる？　私の気持ちが。こんな肌をしてるが為に、人は平気で私を傷つける。あなたもそうよ」

A子は胸をはだけて見せた。

太田からゴキブリと形容され、犯す価値さえないと言われた体。清廉を欠き、陵辱された体を。

それを淳子に見せつける。まるで、肌の違いを見極めさせるかのように。

ごめんなさい、ごめんなさい。

A子は何度も何度も心の中で謝る。

淳子は何も言えない。

「皆があなたを羨望の眼差しで見るのに、私を見る目といったら……。あのあからさまな視線が辛かった……。私、あなたといると辛かった……。嫌だったのよ！」

違う。あなたとの会話、楽しかった。あなたに感謝します。こんな私に優しくしてくれて、ありがとう。A子は心の中でつぶやく。

しばらく沈黙が続いた。

薄暗い工場に染まるように佇む二人。

やがて何か言おうとする淳子に、A子はまるでもう何も聞きたくない、見たくないとでもいうように、抱えた膝の中にスッポリと頭を入れた。そして、とどめの一言。

「いいかげん、いい子ぶるのはやめたら？」

悪魔のようなセリフが口を突いて出た。一瞬、辺りは凍りついた。

ごめんなさい淳子。あなたは私なんかのそばにいてはいけない……。

淳子は何も言えず、動けず、ただ呆然とA子の丸まった背中を見ていた。

今何を言っても、A子を傷つけてしまうだろう。彼女からすれば、淳子は恵まれ、明るい未来を約束された存在なのだから……。

確かに淳子は、人から綺麗だとか魅力的だとか言われ続けてきた。しかし今ほど、そのことを恨めしく思ったことはない。淳子もまたA子と同じように、自分で自分の肉体を選んだわけではないのだ。

今日の作業は終わったのだろう、焼却炉からはもうもうと煙が出ていた。

そのすぐ脇に立って、淳子は言う。

「私、わかったふりなんか……。でも、ごめんね」

A子は泣いていた。そして淳子がその場を立ち去るのを待っていた。お願い、私がこうしている間に何処かへ行って。そう願うA子であった。

しかし、立ち去る気配はない。ギーッと焼却炉の蓋が開く音がした。暮れなずむ工場のそこだけがボーッと明るくなった。

「世界中の人があなたを変な目で見たとしても、私だけは違うから、見ないから……」

そう言うと、淳子は燃えさかる焼却炉へ顔を近づけていった。

強烈な異臭に、ようやく顔を上げるA子。この臭いは……、まさか、何てことを！

その目に飛び込んできたのは、髪が燃え、今まさに全身に炎が燃え移ろうかという淳子の惨状であった。


暗闇の中で奈々の目がさかんに瞬いていた。その目は母である淳子の見えなくなってしまった目を探っていた。

「お母さん、どういうこと？　事故じゃなかったの？」

奈々は信じられないといった感じでなおも問い続ける。

「どうしてそんな……？　自分で……。信じられない」

今夜の冷気は言葉も凍りつかせる。しばらく沈黙が続いた後、やがて淳子は口を開いた。

「あの時私はね、自分がとっても愚かに思えたの。彼女と仲良くしたかった。ただおしゃべりしたかった、それだけ。私もどこかハンデを負わなきゃ、そうしなきゃA子の心に近づけない、痛みを分ち合えない、そう思ったの」

淳子は遠い昔に思いを馳せて言った。

「お母さんにとって、その人は本当に大切な友達だったんだね」

「ええ、そうよ」

「でも、相当熱くて、辛かったんだろうな」

奈々は今自分の置かれている状況をも忘れて、思わず呟いた。

それを聞いて淳子は言った。

「ううん、ちっとも。だって、もっと辛い所が他にあったから」

それから奈々は、眠気と痛みを忘れて淳子に話の先を促した。


春が近づく頃に卒業式があるのはいいタイミングだ。

生徒達はかしこまり、寡黙に厳粛な式を迎え入れていた。

まるで何事もなかったかのように……。だが、今ここに本来卒業するはずだった生徒が二人、いない。

一人は高橋で、もう一人はA子だった。

高橋は夏休みの間に自殺していた。原因はわからない。新聞にも小さく取り上げられただけだ。

A子は、忽然と消え去った。

誰の目にも止まらず、形跡を残さず、死を自覚した象がひっそりと群れから離れ孤独な死を迎えるかのごとく失踪した。それは巧妙であり、淳子も以来消息を知らずにいた。

その事実は少なからず淳子を落ち込ませていた。あの日二人はわかり合えたはずだと淳子は思っていたから。

あの後、A子は病院のベッドで横たわる淳子を見つめ、自分を責め続けた。私のせいで、淳子がこんな酷いことに。

顔面が包帯で覆われた淳子。その姿は痛々しい。しかし焼けただれた顔面を直に見るのはA子には耐えられなかっただろう。

あの時淳子は顔面を炎にあぶられながら目をきつく閉じた。もう二度と開くまいと決心して。そしてその瞼は治療の甲斐虚しく二度と開かなかった。いや、彼女自ら閉じてしまったのだ。まるで私はもう世の中全ての物を表面で見たくないと、内面だけを見続けるんだと言わんばかりに。瞼のみならず、あんなに美しかった金髪は失せ、白かった肌は醜くただれ引きつり、A子の肌と酷似していた。

淳子が退院した時には、もう既にA子はいなかった。

忽然と姿を消したA子。

一体どこで何をしているのだろう。元気でいるのかしら。心配は募るばかりであった。

式を終えた淳子は、かつてA子と歩いた道を迎えに来ていた母に手を取られながら帰った。

淳子の手には今、丸められた一つの紙筒がある。それは授業でA子が描いた唯一の自画像であった。それを先生から手渡された時、淳子は思った。私とA子の間には形のあるものはこれしかないの？　たったこれだけ？　交わした言葉の断片の記憶以外には他に何もないの？　と。A子の写っている写真はないので、彼女との思い出の品といえるものはこれしかない。これを持って淳子は式に臨んだのだ。そのデッサンは的確にA子の輪郭を捉えており、左斜めの構図で見られる彼女の顔は美しかった。高い鼻によって出来る影の為の濃淡以外、余分なものは描き込まれていない。彼女は自分の姿を内面から湧き出る真実の姿として描き留めたのだ。

彼女の笑顔は、決してデフォルメされたものではない。彼女が本来持つはずであった美しい素直な笑顔が、そこにはあった。

卒業式を終え、淳子の感傷に浸った日々はしばらく続いた。これからの自分の進むべき道を見失ってしまっていた。ピアニストになる夢は絶たれたも同然、音大への進学もままならない。しかし、それ以上に淳子が心を痛めたのはA子の失踪である。何もする気が起きなかった。

そこへ、突然A子から電話が掛かってきた。あれほど探して何の手掛かりも得られなかったにもかかわらず、失踪してから半年以上経った今、彼女のほうから連絡してくるなんて、どう考えても信じられない。でも今ごろになって何故？　もしかしたら彼女の身に何か良からぬことでも起きたのかしら。淳子は心配になった。

その予感は的中した。

母親から受話器を取ると、そこから苦しげな声が聞こえてきた。

「淳子？　ごめんね。黙っていなくなっちゃって……。私一人で頑張ってみようかと思ったの。でもね、なんだかダメみたい……」

「どうしたの？　大丈夫？　今何処にいるの？」

淳子は矢継ぎ早に質問を浴びせ掛けたが、返事が返ってきそうにない。同じ呼びかけを何度か繰り返した後、ようやく返事が返ってきた。彼女は今、近くの大きな街の駅にいて、そこから電話をしているということ、ひどく体調がすぐれないということだけがかろうじてわかった。

急いで母に頼み、駅まで連れて行ってもらった。

多くの人が行き交う街の機能の中心、駅。人を集め、そして送り出す。まるでそれは人を血液に例えるのならポンプの役割をする心臓のようだ。かけがえのない街の栄養を人々は作り、運び、維持している。滞ることなく、繰り出される収縮と膨張によって駅はエネルギッシュに活動している。その蓄えられたエネルギーに衰弱した生物が寄生するように、駅のコンコースの片隅に段ボールが点在している。

路上生活者達だ。

彼らはエネルギーにあやかろうと、身を寄せ合って、目的もなく、時間を季節という単位で放漫に浪費していた。仕事を持つ人々は彼らを蔑み、忌み嫌った。彼らは物乞いするでもなく、ただ、そこにいるだけであったが、存在そのものが許されないようであった。

今、一人の路上生活者が本来許された縄張りを越えて、公衆電話のボックスで受話器を持ったままその場にうずくまっていた。ねずみ色のズボンに紺色のジャンパーをはおり、野球帽を被り、見るからに汚い格好をしている。

それを見た一般の人が、不快に感じたのだろう、文句を言っている。

「おい、臭くなるんだよ、お前らみたいのがいると。早くここから出て行け」

男はうずくまった路上生活者の胸倉を掴み、外へ出そうとした。その拍子に帽子が落ちた。長い髪が、ばさり、と垂れて顔を覆った。

その顔は汚れており、見るものをより一層不快にした。だがよく見るとそれは汚れではなく、そういう色の皮膚なんだと後になって気付く。

栄養が足りていないのか、相当辛そうで、男の罵倒も、手荒な扱いも意に介さず、されるがままになっていた。海中を漂う海藻のように翻弄される無反応な姿に、業を煮やした男は声を更に荒げる。

「お前らみたいなグウタラは、くずだ。働けよ。仕事ならいくらでもある」

高度成長期の最中、それは確かだった。

健康でさえあれば、体さえ丈夫なら、力仕事の雇用はいくらでもあった。するとその路上生活者が弱々しく口を開いた。

「仕事なんて……、させてくれないじゃない」

外観を裏切る声に、男は怪訝な顔をした。

「……女、か？」

男は戸惑いながらも好奇な目でじろじろ見るのを忘れなかった。

この目に何度出会ったことか。全ての人が私を同じ目でみる。彼女はそう思った。

そして、まじまじと見つめる男の顔に思い切りツバを吐きかけた。


淳子と母親は駅に着くなり人だかりに遭遇した。それは、このような人の集まる場所では日常茶飯事で、べつに驚くことではない。酔っ払い同士の喧嘩、イベントのPRなど、駅には刺激が沢山ある。でもそこが淳子らの目指す電話ボックスであったことは彼女らにとって無視できない事実だった。母に手を取られ近くへ行ってみると、淳子は聞き覚えのある声を耳にした。A子だ。A子の声だ。違いない。

「お母さん、どういうことになってるの？」

「かわいそうに。路上生活者がいじめられてるわ」

その光景は、悲惨だった。一方的に暴行を加えられ、ただうずくまる路上生活者。

「お願い、お腹は、お腹だけは蹴らないで！」

明らかに若い女性の声だった。

しかし、感情のタガの外れた男は、亀のように丸まりお腹を防御している路上生活者の背中やわき腹を蹴り続けた。

母の静止を振り切って、淳子は叫び声の中心に向かった。途中何度も転びそうになりながら。

「やめて！　お願い！」

淳子の一声は、荒野に響く銃声のように喧騒を貫き、動を静にした。男は我に返り、自分の置かれている状況を把握した。そして少々のぎこちなさを見せながらも、スポーツ後の爽快感を味わったような表情を見せ、何ら悪びれることなくその場を去って行った。人垣をかたどっていた人々もそれをきっかけに散って行き、古代ローマのコロセウムでの決闘のように、傷ついた者のみが中央に残された。

淳子は歩みよりA子に声をかけた。

「A子！　……A子なの？」

「……淳子？　……来てくれたの？　うれしい……」

A子は、やっとのことでそれだけ言った。

背後から母が来てA子の姿を見るや否や、すぐに病院へ連れて行かないと、と言った。

A子は顔はもちろんのこと、下半身からも出血していたのだ。それはねずみ色のズボンをどす黒く染めていた。

急いでタクシーを止めようとする淳子の母。しかし、

「お願いがあるんです。取ってきてもらいたい物があるんです」

とA子は言う。そして自分が住んでいた段ボールのほうを指差した。

母親は彼女らにここに居るように言い、少し離れた場所にある『彼女の住まい』へと歩いて行った。幾重にも重ねられた段ボールによって出来た二畳程の立体的なスペース。辺りは汚れており、異臭がしたが、そこは比較的きれいだった。中に入ると目をみはった。様々な廃品が置いてある。多くは布類で、種類はまちまちであったが、どれも清潔でキチンと畳んであった。〝おむつ〟のつもりであろうか。よく探せば赤ちゃん用の衣類がきっとあるに違いない。〝棚〟らしき場所に、それは

あった。母親はそれを持って出た。

二人の待つ場所に戻り、タクシーを止めた。嫌がるタクシーの運転手になんとか頼み込んで乗せてもらう。

「私、人に迷惑掛けたくなかったんです。でも、ごめんなさい、こうして頼ってしまって……」

車の中でA子はそう言った。母は胸が詰まったようで何も言えず、黙ってさっき取ってきた物を淳子に手渡した。

「私にはそれしかないから、それっぽっちしかないから……」

A子は途絶えながらなおも続ける。

「恥ずかしいけど、私嬉しかったんだ。あんな風にして出来た赤ちゃんでも、嬉しかったんだ……」

それはビンだった。ズシリと重いガラスで出来たビン。おそらくジャムか何かの空きビンだろう。はじめ、何だろうと、形や重さを手で探ってみて淳子はようやく円筒形のガラスで出来たものとわかった。そしてそれをかすかに動かすと、ジャリジャリと音がした。その音を聞いた途端、淳子は途方もない感覚に襲われた。

一体これは何？　小銭がぎっしりと入っている。路上生活者となり、人目を避け、路地裏をさまよい地べたを這いずり回り、時には人に乞うたのであろうか、それとも自販機や公衆電話のつり銭の返却口に指を入れまさぐったのだろうか。一体どれだけの時間を費やせばこれだけのコインが見つけられるのだろう。一体どれくらいのプライドを捨てればこれだけのコインを得ることが出来るのだろう。

そのビンの中身の正体を知った瞬間、淳子は我が子を思う途方もない愛の重さをビンに感じ、慈しむように優しくビンを包み込み、声を出して泣いた。涙は出ずとも心では大量の涙が溢れ、出口を求めていた。

私には到底真似出来ない。たった一人身ごもった体で何の保護もなく、身の安全の保障もなく、食べる物もない状況下での生活。あるのは孤独と恐怖と寒さと空腹。絶望という名の現実をかろうじて否定出来たのは唯一、お腹に赤ちゃんがいたから。その子のことだけを考えて生きてきたんだ、そう淳子は思った。

やがて、タクシーは最寄りの病院へ到着した。そして医師らがA子の治療に当たってくれた。

ボロを身にまとった女の路上生活者。全身は焼けただれたような肌。しかも妊娠している。八カ月に入ろうかというところだ。胎児は〃割合〃順調な経過を見せていたが、問題は母体にあった。栄養不足から来る極度の衰弱。おまけに打撲の跡が体のあちこちにある。実際お腹の子も未熟で（母体の割にはこれは奇跡だと医師は言ったが……）、帝王切開での分娩に踏み切らざるをえない状況であった。

「先生。お腹の子は大丈夫ですか。私ここの所、全然食べていなくて」

食べていないのではなくて、食べるものが手に入らなかったのではないのかね、とその医師の目は言っていた。

「お願いです。赤ちゃんを、赤ちゃんだけは助けて下さい。私はどうなっても構いませんから」

「何を言ってる。わしはそんなに薄情に見えるか？」

初老の医師が微笑みながら言った。

「だって……、だって私、この子のことばかり考えてきたの。この子を無事に産むことだけを……」

この医師は彼女がどんな思いをして、今日まで耐え忍んできたかを理解していた。

女であることを悟られぬよう、わざとダブダブのボロを身にまとい汚い格好をし、見てくれとは裏腹に首から下は意外なほど清潔に保たれている理由を。きっと構内のトイレで人目を避け冷たい水で体を拭いていたのだろう。そして食物が手に入らぬ時、毎週金曜日に配給される、近くにある教会のボランティアによる食事の列に無言で並んだのだろう。そのどれもがお腹の中の赤ん坊の為だと言う。この母親になるにはまだ若すぎる女性に対し、医師は敬意を持って診ることを自分に課した。

「わしは、ナチスじゃない。どちらか一人だけ助けるなんてことは言わない。あんたもお腹の子も、どちらも助けたい。安心なさい」

A子は医師の目を見た。

こんなに優しいことを言われたのは何カ月ぶりだろう。そもそも人と喋るのも久しぶりなのだ。

彼女は礼を言おうとしたが、声にならなかった。

ふいに涙が溢れてきた。

今までせき止めていた頑丈な感情の砦が、決して外からは破られないであろうと思われた砦が、いとも簡単に内側から開いた。医師の優しい言葉によって。

「わたし、あの、その……。お金も払えるかどうかわからないんです。でも、きっと必ず、後で払いますから」

医師は愛嬌タップリのクリクリの目をして、うん、うん、と頷くのであった。

こんな目に遭ってもなお泣き事は言わず、お腹の子を第一に考え、しかも誰にも借りは作らぬとばかりに、払えるあてなどないくせに払うと言い切る。こんな娘をこそ救わなければいけない。それが医者ってもんだ、と開業三十年のベテラン医師は思った。


「では、早速じゃが手術に入る。全身麻酔じゃないから生まれた子をすぐ見られる。麻酔にアレルギーはないかね」

A子が医師の声に頷き、軽く目を閉じるとやがて麻酔が効いてきた。とうとうやってきたのだ、この時が。どれほど待ちわびたことだろう。

しかし、彼女にはどうしても拭い切れない不安があった。それは生まれてくる赤ちゃんも自分と同じく醜い皮膚をした子ではないかということであった。もし、もしも赤ちゃんが私のような肌でなければ、私はもう死んでしまっても構わない。さっき医師に言ったことは本心なのだ。そして、考えたくもないけれど、もし、私と同じような肌で生まれてきてしまったら……。

数分後、手術は無事終了した。

今、傍らには淳子がいる。彼女はずっとA子の手を握っていて離さない。まるで失われた二人の時間を取り戻すかのように。片時でも手を離したくないとでも言うかのように……。

少し離れた保育器の中に、生まれたばかりの赤ちゃんがいた。

虚ろな目で、A子はそちらを見る。頬を伝う涙も気にならない。

淳子は強く手を握り、良かったね、頑張ったねと声を掛けた。お互いの意思の疎通が手の感触を通して伝わる。

取り出された子は、ほんの少し母親が目にしたかと思うと、医師と看護婦らが少し離れたところで懸命に治療に当たった。やはり生育は完全ではなく、予断を許さない状態だったのだ。でも生まれた瞬間、看護婦さんが、「女の子ですよ」と言ってくれた。

A子は思う。私の子。私のかわいい女の子。白い肌のかわいい女の子。あなたに私がしてあげられることは何？

一つの不安が消えると、また新たな不安が湧き上がる。

私は彼女を欲したけれど、彼女は私を欲したのだろうか。私のような母親を。

やがてしばらくすると、分娩室に緊迫が走った。医師と看護婦らの動きが機敏になる。

「先生！　血圧低下。心拍数も落ちてきてます」

看護婦が叫ぶ。

医師は的確に指示を与える。その様子を見ていたA子は、もう一人の看護婦に聞いた。

「どうしたんですか？　赤ちゃんは大丈夫ですよね？」

看護婦は不安を与えないよう微笑んでくれたが、その表情は硬かった。

「どうしよう淳子。どうしよう」

「だ、大丈夫よ。心配しないで。きっと先生がなんとかしてくれるわ」

淳子はより一層強く手を握り締め、そう言うしかなかった。

「あの子は私の全てなの。私の分身で私自身なの。あの子がいなくなったら私生きていけない」

大丈夫、大丈夫。そう淳子は繰り返すことしか出来なかった。A子もまた手を握り返し、四つの手のひらを合わせてひたすら祈った。

お願いします、お願いします。あの子を助けて下さい。あの子を助けて下さい。あの子を助けて下さい。私からあの子を取り上げないで下さい。

私には何にもないから、さしあげるものも何にもないから、願いを聞いてもらえないかもしれないけど、それしか出来ないから。祈ることしか出来ないから。でもお願いします。あの子を助けて下さい。

淳子とA子はひたすら繰り返し祈った。

淳子にはA子の言葉が伝わったし、目の見えない淳子にさえも、A子の表情は見えるような気がした。

どれくらいの時間が経過したのだろう。長い時間でもあり、短くもある混沌とした感じ。

淳子は無心で祈り続け、我に返るのに人の手助けを必要とした。

さっきから私の名を呼ぶ声がする。そう思っていた。

医師が赤ちゃんの容態は持ち直したと告げていた。

淳子はそれを聞いて安心したが、既にそのことは知っていたかのようであった。と同時に悲しいことだけれど、淳子はもう一つの事実を受け入れなければならなかった。A子はもうじき死ぬ。いや、この仮の姿から解放されるのだ。昆虫が華々しく変身するように彼女もサナギを脱却し、変化するのだ。一世代を費やして彼女は現在のサナギという姿から艶やかな未来に飛来する蝶に変身するのだ。そう思うと彼女の不憫な短い一生も救われる、そう淳子は思った。

安心しきった医師がA子に子どもの無事を伝えようとやって来たが、衰弱した彼女を見て顔色を変えた。

「一体、どうなってるんだ。やっと今しがた赤ん坊が持ち直したというのに。入れ替わるように今度はあんたが……。頑張れ、わしが何とかする、必ず助ける。だから……」

急いで手当てをしようとする医師に、

「先生、ありがとうございました」

と、はっきりした口調でA子は言った。彼女もまた自分がどうなるのかわかっていた。

「淳子、お願いがあるの。あなたにしか頼めないけど」

「何？　何だって聞くわ」

「私達友達だよね。そう言っていいよね」

「当たり前じゃない。友達じゃないなんて言わせない」

「うれしい、あなたにそう言ってもらえて。あの子のことお願い出来る？」

淳子はここで、何を言ってるの、あなたはちゃんと生きて赤ちゃんと共に幸せに生きなくちゃ、これから今までの分も取り返さなくちゃ、それだけのことは十分したんだよ、と言いたかった。もっともっと、これからも二人で将来のことなどを話したかった。でももう遅い。そのことはわかり過ぎるくらいわかっていた。

「わかったわ、安心して。私、こんなだけど、絶対約束は守る。ちゃんと育ててみせる」

「ごめんね。私のせいで……」

「ごめんなんて言わないで。私は、あなたに比べれば、何にもなさすぎたの。つらいことなんか何にもない」

A子はニッコリと微笑むと、あらためて言った。

「お願いがあるの。あの子に私と同じ名をつけて。私はもうじき死んじゃうけれど、あの子の中で生き長らえるの。もう一度あの子になって人生を生き直すの。私は負けてなんかないよね？　逃げ出すんじゃないよね？」

「……うん。あなたは立派よ。すごく、すごく……」

淳子がかろうじて答えると、それに呼応するかのように、A子は息を引き取った。安らかな死に顔だった。

医師が首を横に振り死亡宣告をすると、保育器の中で赤ちゃんがひときわ大きな声で泣いた。

淳子は彼女の死を受け入れたつもりではいたが、手を握り締めて、彼女の名を呼ばずにはいられなかった。

「いつまでも友達だからね、奈々子。ずっと、ずっと友達だからね……」


ここまで語り終えると、淳子は一つ大きなため息をついた。奈々は半信半疑で淳子の顔を窺っている。

これは夢？　幻覚を見ているの？

閉じ込められてから何時間が経ったのだろう。辺りはぼんやりと鈍く月明かりを反射している。雪は止み、風は雪雲と共に去った。静寂が闇を優しく後押しし、やがて来る日の出を厳粛に歓迎しようとしている。奈々は呼吸が止まったように静止していた。

「お母さんって上手いわね、作り話。おかげで何とか夜明けを迎えられそうよ」

そうよ、作り話に決まってる。お母さんが私のためにこんな話を、よく出来た昔話を、眠気なんかふっ飛んじゃうようなおとぎ話をしてくれたんだわ、そう奈々は思った。

「おかあさん？」

返事はない。

「お母さん、どうかしたの？　返事してよ。そしてこれはウソって言ってよ。だって私とお母さんはこんなに似ているじゃない」

しばらくの沈黙の後、淳子は答えた

「いいえ、ちっとも似てないわ。あなたの髪は染めたものだし、瞳もブルーじゃない。性格だって随分違うわ」

淳子はわざと突き放すように言った。

確かに、少女時代の母の写真では、母はブルーの瞳をしていた。奈々の瞳はとび色だ。でもそんなのは遺伝の都合で漠然と父方に似たんだろうと思っていた。

「本当のことなのよ、奈々」

側でこちらを向いているに違いない母の顔を見ることが出来ない。目を凝らせば見える真摯な母の表情を見たら、きっと偽りの話でも信じてしまう。奈々は朦朧とした頭で、出来る限り冷静に努めて、ちりばめられた記憶の解析をしていた。足の感覚は全くなく、痛みもない。集中しようとするのだが、古い記憶を遡れば遡るほど、曖昧になり、輪郭がぼやけた。私という存在は一体何処から来たのだろうか。わからなくなった。

代わりに底知れぬ不安が這い上がってきた。信じていたものが根底から否定される。

いつもやさしく温かく、おおらかな母。大好きな母。私だけを見ていてくれた母。私だけの母。そう思っていた。記憶だけが過去を決定するのではない。しかし、私は私としての肉体の起源を知らねばならない。知らなければ自分自身が不完全なような気がする。私の肉体の母、父。知ったところでどうしようもないのだが、その衝動は、偽りによってもたらされた曖昧な不安をかき消すには必要不可欠で止められそうにない。

考えても考えても、答えは見つからない。いつしか奈々は疲れ、眠ってしまっていた自分にふと気づく。いけない、いけない。寝てはいけないいんだ。何故寝てはいけないいんだっけ？　奈々は自問した。そうだ、雪に閉じ込められちゃって、それでなんだ。でも、眠らないように、眠らないようにとお母さんが話し掛けてくれてたんだ。それで、奇妙な話をしだすもんだからついつい引き込まれちゃって。どんな話だっけ？　お母さんのことだっけ。そうそう若い頃の……辛い話。……自分で自分を傷つけるなんて、初めて聞いた。ショックだった。すごく……。それと更にもう一つショックなことがあったような……。

誰？　そこにいるのは。

突然、視線を感じ、奈々はそちらに顔を向けた。

夜が明けたのだろう、やんわりとした日の光がゆっくりと雪をあぶり、辺りを朝焼け色に焦がしていた。そこには荘厳な光に包まれた美しい少女がはにかんだような微笑をして佇んでいた。

誰なの？　と奈々は聞いた。が返事はない。ただ同じ表情でずっとそこにいる。どうしてこんなところにいるの？　寒くないの？

いくら話し掛けても、少女はしゃべろうとしない。その顔はどこかで見たことのある顔なのだけれどもどうしても思い出せない。よく見ようと目を擦った。目の焦点が合い、完全に覚醒した。

それは一枚の絵だった。

二十数年前に描かれた自画像。

偶然にも折り重なる残骸の中でそこだけが、ライトを浴びたギャラリーのようにその絵を飾っていた。

「お母さん」

思わず声に出していた。

その声を聞いて、今まで側でうたた寝をしていた淳子は目を覚ました。自分が呼ばれたと思ったのだ。

「いけない、寝てしまったんだわ。奈々、奈々。大丈夫？」

淳子は手探りで奈々の顔をさする。

「大丈夫よ。お母さん。私、もう一人のお母さんを見た。ほら、あそこ」

「ああ」

と淳子は感嘆の声を漏らした。淳子には見えるはずもないが、奈々が何を言わんとしているのかわかったのだ。

うずもれてしまった家屋の残骸の上に、ちょこんと鎮座している一枚の絵。かつて奈々の母である奈々子が描いた、たった一枚の自画像。その絵はこちらを見て微笑んでいる。朝日を浴びながら。

長い長い夜が明けた。夢と現実の狭間で揺れながら経過した時間は、本当に長く感じた。今、生き長らえた奈々は理解する。

これは、必然の出来事なのだな、と。

私が身ごもり、産もうか産むまいか、どうにも答えが出せずにいる時ここへ来たのも。そして雪に閉じ込められ、母の口から封印された話を聞いたのも、全て答えを導かせる為だったのだ。私は産まなければならない、いや、この子は生まれるべきなのだ。

生を授かるということ。その尊さ。その意味。全てを今朝、母から聞かされた気がした。私もまた連綿と連なる生の一員だということ。私は私であるが、その前にある役割を担って産まれ出たということ。ここで断ち切ってはいけない。

誰にも愛されなかった母が唯一の機会を得て誕生した私。

母は、私を産んでくれた母は、短く辛い人生だったかもしれないけれど、幸せだったと信じたい。

奈々はここであらためて自分がギルバートを愛していたかを問う。

私もまた彼を愛していたと言いたい。

いや、今も愛している。

そして生まれてくる新しい命にそのことを伝えたい。

私を産んでくれた母はあらゆるものを拒まず、全てのことを受け入れた。自分の出生の秘密を明かされた奈々は、ただただ感謝する。私はこんなにも必要とされ、生を受けた。その母の思いに応えるのは、私自身が自分を幸せだと思えるか、自分を愛せるか、ということだ。

「お母さん、私幸せよ」

奈々は呟く。

その言葉はどちらの母に当てた言葉だろう……。

「私、こんなにも幸せよ。愛する人に尊い命を授かって、それが何を意味するのかやっとわかったような気がする」

お腹に手を当て語る奈々の温かな心から、今まで巣くっていた嫉妬というシコリは溶け出し、愛という要素へと変質していった。

黙ってそれを聞いていた淳子は思う。

(奈々、奈々子。あなたはやったのね。自分の思う通りに幸せになったのね。望んだ通りに……)

淳子は過ぎ去りし日々のあの病院の奈々子と今の奈々をダブらせる。手をきつく握る淳子の魂は、あの時のまま変わらない。つないだ手の先には、あの時のままの奈々子がいる。

私には二人の母がいる。一人の母が血と肉を与えてくれ、もう一人の母が心を豊かに育んでくれた。

日が完全に昇った頃、がやがやと沢山の人の声が聞こえた。会長だ。彼は先頭に立ち、人々にてきぱきと指図し、私達を救ってくれた。案外本当にいい人なのかな、と奈々は思った。

運び込まれた車のラジオから、聞き覚えのある男の名が聞こえてきた。次期大統領候補が決まったらしい。スキャンダルで迷惑を掛けたくない。これで決定的だと奈々は思った。何故かその時、直感でお腹の子は女の子だなと確信した。

力強く潔い決心が奈々を支配した。私は母親になるんだ。二人の母を超える母親に。

走り去る車を、微笑んだ絵が風に揺れながら見送っていた。

完

著者プロフィール
朝野 裕之（あさの ひろゆき）

1965年　愛知県に生まれる。
趣味のルアーフィッシングを通じ、開高健文学に出会う。
以来感化され、自己表現を活字に求める。
本作が処女作。

メタモルフォーゼ

2003年８月15日　初版第１刷発行

著　者　朝野 裕之
発行者　瓜谷 綱延
発行所　株式会社文芸社
〒160-0022　東京都新宿区新宿１－10－１
電話　03-5369-3060（編集）
03-5369-2299（販売）

印刷所　図書印刷株式会社

ISBN4-8355-6146-5 C0093